爱上阅读·中小学生晨读精品选

高长梅　许高英　主编

我是海底里的一条鱼

徐朝辉 著

九州出版社 JIUZHOUPRESS | 全国百佳图书出版单位

图书在版编目（CIP）数据

我是海底里的一条鱼 / 徐朝辉著. —— 北京：九州出版社，2014.3
（2021.7 重印）

（爱上阅读：中小学生晨读精品选 / 高长梅，许高英主编）

ISBN 978-7-5108-2756-3

Ⅰ.①我… Ⅱ.①徐… Ⅲ.①散文集 – 中国 – 当代 Ⅳ.①I267

中国版本图书馆CIP数据核字（2014）第041947号

我是海底里的一条鱼

作　　者　徐朝辉　著

出版发行　九州出版社

地　　址　北京市西城区阜外大街甲35号（100037）

发行电话　（010）68992190/3/5/6

网　　址　www.jiuzhoupress.com

电子信箱　jiuzhou@jiuzhoupress.com

印　　刷　北京一鑫印务有限责任公司

开　　本　720毫米×1000毫米　16开

印　　张　9

字　　数　150千字

版　　次　2014年5月第1版

印　　次　2021年7月第6次印刷

书　　号　ISBN 978-7-5108-2756-3

定　　价　36.00元

阅读随想（代序）

爱上阅读。阅读能使我们进一步获取智慧,获取解决问题的方法与能力。

微信中,有一篇叫《读书的十大好处》的文章流传颇广。它概括的所谓十大好处独树一帜:1. 养静气,去躁气;2. 养雅气,去俗气;3. 养才气,去迂气;4. 养朝气,去暮气;5. 养锐气,去惰气;6. 养大气,去小气;7. 养正气,去邪气;8. 养胆气,去怯气;9. 养和气,去霸气;10. 养运气,去晦气。

微信中,还有一篇文章也被大量转发,叫《读书是最好的美容》。文章认为,"人通过读书,在幽幽书香潜移默化的熏陶下,浊俗可以变为清雅,奢华可以变为淡泊,促狭可以变为开阔,偏激可以变为平和"。的确,打开书,便打开了一扇面对世界的窗口,你读天,无际的长天予你灵性;你读地,宽厚的大地赠你理性。打开书,便打开了一面审视生命的镜子,那扑面而来的真善美令人陶醉。

还是微信中的一篇文章,叫《通过阅读解决自己的困惑》。文章认为,阅读不能仅仅是小清新、轻口味、品时尚的浅阅读,有时还得"重口味"。阅读即要脚踏实地,要观看现实,了解人类文化的百态,知识的种种。但是只看"大地"那是不够的,还需要仰望星空,还要读读诸如《论语》、

《庄子》之类的书,以加深我们对人性的理解且不丧失对智慧的信心。

再引用著名作家王蒙先生2013年9月发表在《人民日报》上的《"攻读"的日子哪里去了》中的一段话:离开了阅读,只有浏览与便捷舒适的扫描,以微博代替书籍,以段子代替文章,以传播代替学识,以表演代替讲解,将会逐渐使人们精神懒惰,习惯于平面地、肤浅地接受数量巨大、获得廉价、包含着大量垃圾赝品毒素的所谓信息,丧失研读能力、切磋能力、求真求深的使命与勇气,以至连讨论追究的习惯也不见了,苦思冥想的能力与乐趣也没有了,连智力游戏的水准也降到幼儿级别以下了。这样下去,我们会空心化、浅薄化与白痴化,我们的宝贵的头脑的皱褶将渐渐平滑,我们的"灵"的思辨思维功能将渐渐萎缩,而我们的大脑将只剩下海量获得八卦式的信息然后平面地记忆下来、转销出去的"肉"的能力。

杨绛说得更好:读书正是为了遇见更好的自己。读书到了最后,是为了让我们更宽容地去理解这个世界有多复杂。

爱上阅读。阅读提升我们的素养,阅读最终将改变我们的人生。

目录
CONTENTS

PART 1
看上去美

PART 2

我们都是海底里的鱼

PART 3
回不去的村庄

PART 4
愿做杞人常忧天

看上去美

天空,你永远说不清下一刻出现在我们眼前的会是什么,也许只是一低头的工夫,一朵云来了,另一朵云又没了,一颗星星不知是在什么时候探出了光亮,又不知在什么时候隐入云层,还有一阵风,她就那么清凉地刮了起来,从背后,刮到手臂,然后头发也微微飘动起来……

早安,早安

　　当我在心里默默念叨两声"早安,早安"的时候,我突然觉得这两声"早安"就像清晨小鸟的啁啾,是一日之中发出的最先的,最新鲜的声音,有着音乐的节律,有着温婉的祝福,还有动人的眼神……散发出黎明的气息、露珠的气息、草地、森林的气息,像袅袅的雾气,向远方弥散。

　　我看着楼下那一大片葱郁的植被,高大的樟树、向天空高举无数手臂的松树、塔状的雪松,还有稠密的紫李,以及这些树木下面覆盖着的厚地毯一样的草坪,它们一直延伸向远方。我把视线往下压,尽量不被隔河而望的远方的道路影响,那么,我楼下的这一大片壮阔的绿,就成了一小片茂密的森林。俯瞰这片起伏不定的绿涛,有徜徉其间的热望。

　　——在城市里,能看到森林是幸福的。尤其是在这样一个早晨。它让人想起班德瑞,想起挪威,想起班德瑞的音乐,想起挪威的森林。这些,都是我喜爱的。

　　河那边的路上,几乎还没有车辆行驶。小城尚处于慵懒静谧之中,有些人还在梦境。在这样的季节,这样一个雨后骤然转晴的早晨,太阳热情的光芒像金子一样泼洒向大地的早晨,在被雨露浇灌、滋润后的"森林"边缘,一片小小的湖泊被连日的好雨倾注得丰满圆润,像一面浑圆的镜子,更像大地清澈明亮的眼睛,她映照着广阔的天空,天空里的云彩,还有飞鸟。

　　两只灰白相间的小鸟,看中了这面镜子,在她的眼皮底下追逐嬉戏,亦步亦趋地浅飞,伴以"叽叽,叽叽"的啭鸣,也好似人类,颔首致意,并互致早安。

超越意志,没有意志

　　第一只鸟在凌晨五点五十一分醒来。它开始用它婉转的歌喉唱动人的歌谣。一大早就唱歌,不知是什么让它有如此好的好心情。我常常为此纳闷。以我的了解,我们人,似乎除了歌唱家,没有谁在早上一起床就开始唱歌的。那时候我们懵懵懂懂,还在半睡半醒之间,睡中的梦缠绕着我们,新的一天的事又压迫着我们,我们急急忙忙的,歌在那时候根本不会光顾我们苍白的心灵。后来,又有一只鸟加入了歌唱者的行列。它们开始二重奏,再接下去,三重奏,四重奏,交响曲。我们人呢,就在这歌声中醒来,起来,抛开梦,投入新的一天的生涯。想想,我们也是幸运的,尽管我们在一早上醒来的时候,我们本身的歌不会光顾我们的心灵,但是我们耳边有歌,鸟把歌声带给我们,我们在鸟儿清新婉转的歌声中开始新的一天,也算是对我们本身歌声缺失的一种弥补。这何尝不是一种幸福。

　　鸟的歌声在窗外。你不知道它具体来自哪里,小区里全是高楼,没有一片瓦砾,没有高树,也没见过一个鸟窝。可是鸟的歌声就在天空下,在晨曦里。那儿是鸟的家。后来,当我早上去上班的时候,远远地,看到好多鸟儿聚集在一棵最高的柳树上。似乎它们也懂得登高可以望远的道理。柳树几乎还光秃秃的。那些鸟在树上就是一个个的黑点。这儿一个黑点,那儿一个黑点,像音符一样,把光秃秃的树点缀得韵味十足,动感十足。有时这边一个黑点飞起来,调整一下位置,有时那边一个黑点飞起来,调整一下位置,就好像一个曲子由 G 大调变成 C 大调一样神秘莫测。奇怪的是,除了这一棵最高的柳树,旁边几棵柳树上,几乎一只鸟都没有。它们都聚集在一起,几乎没有离群索居的鸟儿,没有搞分裂的鸟儿,也没有喜欢孤独的鸟儿,没有爱生闷气不理人的鸟儿……是什么让它们如此紧密团结在一起啊?难道也有什么规章制度?还是仅仅出于爱?

又有一个早上,寒冷、阴沉,没有阳光。眼看要下雨的样子。我在上班的路上,看到一群鸽子,它们绕着一幢高楼,一圈又一圈地飞,接着,又绕着一棵高大的樟树飞了几圈。就好像我家后面的消防支队,每天清晨在军官口哨的指令下集合锻炼一样。区别是鸽子们无声地进行这一切,没有哨音的指挥,也看不出哪个是队伍的首领,看不出谁在维持秩序。这,如果放在那些消防官兵身上,肯定乱套了。但是,显然,鸟儿们却秩序井然,没有一只要把自己表现得特立独行,没有一个脱离队伍。我忽然想起并理解了米沃什《一只鸟的颂歌》里面的一句诗:

　　超越意志,没有意志,
　　你振摇在一根树枝上,在空气的湖泊
　　及其沉没的宫殿、叶子的尖塔、
　　你能以一个竖琴的身影登上阳台上面。
　　你倾身向前,受到召唤,我则沉思

鸟类的世界我们人永远不懂。正如我们人类的世界鸟类也永远不懂。至于谁高级谁低级这个问题,可以肯定的是:那不能只由我们人类说了算。

看上去美

　　早晨的时候,我走到室外,看到第一片草丛和竹林,闻到散发在露珠中青草的香气,那样的浓郁,又是那么的清新。我问同伴,你闻到青草的味道了吗? 他使劲嗅了嗅鼻子,沉默一会儿,然后说前几天他在这儿看到一条蛇。

　　青草的味道不是每个人都能闻到的,正如泥土的清香只有热爱土地的农民才能闻到,城里人鲜能感知,更难热爱。不知从哪一天起,我成了纯粹的大自然爱好者。比如现在,我站在五楼的阳台仰望蓝天和俯视道路时,我会觉得我离蓝天更近一些,而离路面却稍远。我不喜欢拥挤,不喜欢奔波,不喜欢冲刺,不喜欢急促,我喜欢缓慢地行走或顿足,喜欢看,还有遐想。当我身陷钢筋混凝土的重重包围,自然就离我很远了。此时,我喜欢独倚窗台,看离我很近的蓝天。

　　在天空中流动着的,总是最低的云层。云层越接近蓝天,她们就越笃定从容,你几乎看不到她们在飘忽;由于更接近天体和阳光,她们也更明亮。乌云往往处于最低空,她们被更高的云层遮挡,阳光抵达不了她们,她们在低空里急急奔跑,你无法知道她们是要奔赴一场暴雨,还是奔向阳光。

　　有一道亮丽璀璨的云霞横贯南北,远处的云层则更为多姿多彩,最贴近蓝天的,是一层玫瑰色的嫣红,这层嫣红又被不规则的黛青色厚积云不完全遮盖,露出一个一个的区域,最接近蓝天的那部分也是最耀眼的一部分,她们被晚霞辉映,红得热烈妖娆。黛青色的云层像不规则的石块,有些地方嶙嶙峋峋,有些地方则好似经过千年的风化,有些像岩层,有些又像完全断裂,一块块脱离主体掉落下来,散落一片。

太阳完全归隐了,那层玫瑰色的嫣红也转瞬消失不见。西天的边际,被一大片疏落有致的黛青色占据。天,慢慢晦暗下来,人走在晦暗的天空下,奔赴各自的归途。

天越来越暗,第一颗星星出来了,她就在我的西侧,突破了云层。那片黛青色的云层变得跟土地一个颜色,黑色,又隐隐地泛着红,像肥沃的厚实的土壤,静静地卧在西方,在第一颗出现的明亮的星星下面,静静地卧着,似乎在等待种子破土发芽。

那块横贯南北的亮丽云层越来越长越来越薄了,她以肉眼几乎觉察不到的速度增长自己、分散自己、移动自己,此后,我稍不留神,只是一转眼的工夫,她就不见了,只在蓝天上留下隐隐的痕迹,到最后,那道痕迹也几乎没有了,无声无息之间,一切都没有了,她到哪里去了呢?

天空,你永远说不清下一刻出现在我们眼前的会是什么,也许只是一低头的工夫,一朵云来了,另一朵云又没了,一颗星星不知是在什么时候探出了光亮,又不知在什么时候隐入云层,还有一阵风,她就那么清凉地刮了起来,从背后,刮到手臂,然后头发也微微飘动起来。在大自然里,你会时不时遭遇点什么,新奇的,却又是自然而然的,这就是大自然的语言。大自然有她说话的独特方式。身处大自然之中,用眼睛、耳朵,以及身体的每一个器官去听,去感受,这时候,你会觉得自己灵敏异常,简直就像是活动在灌木丛里的最灵敏的小兽,耳朵转动着,眼睛搜寻着,鼻子翕合着,你的身体静极了,你处于一个最安静的大自然里,在这个安静里,你自己本身也安静了,心灵也变得纯净高尚。

我们很难想象层积的云正酝酿着一场怎样的积雨,也无法揣测那一场雨将要落向何方。云在天上时,总是在奔赴,在堆积;雨在落下时,是另一场奔赴,另一场堆积;那么,水汽蒸腾同样是一场奔赴和堆积吧。谁都没有停留,属于大自然的一切都没有是片刻停留的,它们总是在酝酿着,奔赴着,抵达着。

夜晚,我在昏黄的路灯下看到一只迷离失所的秋虫,它正张皇爬行,寻找,奔赴草地。那么,我呢,当我流连于大自然的这些变化,日复一日感慨于此时,当我在尘世间碌碌行走时,我奔赴的又是什么? 心的宁静能不能算是一场抵达?

花开之日

天天下雨,空气阴湿潮润,我的心就郁郁的,总是盼着阳光能早点热烈地倾泻下来,驱走身心的阴郁。

早晨,我还在洗脸刷牙,就听到七岁的儿子在院子里大声喊:妈妈,妈妈。我急急地赶出来。

"妈,这是什么花呀?"

"太阳花!"很奇怪,一盆铁树的树根边居然冒出一棵瘦弱的太阳花。

这花我认识。小时候家里年年长。不知是谁,在某一年的春天撒下一把太阳花种子,便放手不管了,到六七月时,蓬蓬勃勃开出好些朴素娴静的小花,有白的、红的、黄的,还有紫的,一茬一茬的,开上个把月,渐渐谢了,枯了,什么都没有了。可是到了来年春天,一场温暖的春雨,埋在泥土里的种子又慢慢苏醒过来,钻出土壤,密密麻麻地长出一大片。只要有足够的空间给它,就会长出比上一年多得多的太阳花。这就是太阳花,廉价而不娇贵。

早上太阳出来了,它们就张开了花瓣;黄昏时,又悄无声息地闭拢。就像人一样,在清晨里起床,走到阳光下开始一天的生活,到了晚上再静静地躺下休息。它们自在生长,安然枯荣,根本不用你去张罗呵护,劳神费力。

我现在这个家还从没养过太阳花呢。它从哪里来的呢? "也许是一只迁徙的鸟儿带过来的吧。"我自言自语,也算是告诉儿子。

"妈妈你看!"儿子又大呼小叫起来。

我顺着他的方向看过去:院子一角有一个养鱼池,是用光滑的瓷砖砌起来的。池面上两块砖头的缝隙里,居然长着两小棵并排的太阳花。天哪!那缝隙宽不过两毫米!那两小粒太阳花的种子竟落得这么巧,不偏不倚,落在两毫米宽的缝隙之间,并且在那坚硬的混凝土上扎下了根——小小的太阳花很是瘦弱,随风轻轻摇曳,倒是很自在的样子,无忧无虑。它才不在乎它脚下的那块坚硬的混凝土呢。

这个鱼池已经砌了快十年了。池里的几尾红鲤鱼常年逍遥自在地游弋。它们哪里有什么忧愁呢? 饿了我自会喂饱它们,水也隔日换着,清新怡人。可那两株太阳花却没有一丝土壤,更别说我还从没给它们浇过一滴水施过一点肥哩!

不知是哪一阵无情的风或是哪只粗心的鸟儿把它们遗落在这里,落在这最最贫瘠的地方;后来,居然再没有过一阵多情的风把它们拂到紧邻着鱼池的那一方土地上;它们竟也安然地在这里生了根发了芽,并一天天向上生长。

我知道铁树盆里的那株太阳花一定会茁壮地成长下去,待到花期,会开出它美丽的小花。但这缝隙之间的两株呢? 现在正是雨期,它们可以借着雨水的滋润艰难地生长下去。可是再过几天,雨期过了,炎夏紧跟着就来了,它们能忍受得了炽热的阳光而不萎谢吗?

也曾在某一个瞬间,想过要将它们移植到肥沃的土壤中的,可当我仔细观察了它们生长的那一条缝隙,又放弃了。缝隙太窄,混凝土太硬,也许一不留神就会把它们弄断夭折。不过,我还是对它们非常好奇,我决定对它们袖手旁观、拭目以待,既然它们不知天高地厚地在这里生根发芽,我倒要看看它们能不能凭借自身的力量,在这艰苦卓绝的环境里存活下去。

夏天已经步步紧逼了。到院子里探望那两株太阳花已经成了我每日的必修课。铁树旁的那株在铁树的庇护下自然长得顺顺当当,一天比一天繁盛,没有悬念地开花结果。缝隙里的那两棵就没有这么幸运了。一大早看到的它们,似乎还有那么点精神,一夜露水的滋养,似乎给了它们还魂转世的可能。可若是在中午或黄昏去看望它们,对它们就没指望了,朝不保夕啊:细秆细叶中的水分全被火烤了,软绵绵地耷在滚烫的瓷砖上。

炎夏的天气就是这样,要么像火炉一样烧烤,要么狂风暴雨的肆虐,总没有温和的时候。那两棵太阳花能不能活全凭它们的造化。终于,其中的一株,在某一个酷热难当的白天过后再多的夜露也没能把它唤醒。它终于走向我早已料到的尽头。死了一株,另一株的生命似乎也岌岌可危。但是,这一株已经孕育了几个小小的花骨朵。我多么希望它能开出小花啊,哪怕是一朵。这似乎对我的心灵和人生都具有特殊的意义。我隐隐把某种希望寄托在它身上,似乎它能把花开开,我的那个难题便迎刃而解,我的那个希望便也成功在望一样。我对那株太阳花的探望越来越勤了,一早一晚,时时刻刻,牵挂满怀,担忧或欣喜。后来,在某一个雨后初霁的早晨,那株太阳花迎着太阳,盈盈地开了一朵娇艳的小花,在接下来的几天里,一连开了五朵。我小心翼翼地收集了它们所有的种子。第二年春天,把它们种在院子的花圃里。

在后来的日子里,那几朵太阳花给了我比太阳还要耀眼的光芒。而我,在经过了旷日持久、石沉大海的投稿之后,也终于迎来了我的第一篇、第二篇文稿的面世,她们便是我最初的、开在贫瘠的混凝土上的太阳花。后来我想,惹是没有那株太阳花的坚持,我能坚持到我的花开之日吗?

花香弥漫

五月，正是香樟开花的季节，空气中弥漫着馥郁的花香——八里、十里、几十里。香樟的花隐在树叶之间，像一束束淡黄的小火炬，没有绚丽的色彩，也没有像其他花那样，夺了叶的风采，香樟的花和叶一样，密密匝匝，普普通通，在风里摇曳。

许多不起眼的小花，都有浓郁的芳香。比如，三叶草的小花，丁香的小花，还有眼下正在盛开的冬青花，朴素的栀子花，八月里的桂花，冬天里的蜡梅……这些花，都是细小的、微不足道的、不惹人注目的。我们发现它们，往往不是我们的眼睛首先看到了它们，而是嗅到了它们。我们在某个时候突然闻到某种芳香，受到香气的吸引，我们开始循着香味，经过一番搜索，惊喜地发现：哦，原来是这个或那个开花了。从我们闻到它们的芳香，到我们寻出它们的踪迹，这是一个掺杂着惊喜和感激的过程。花儿不知道她给人带来了惊喜，不知道观花人对她的感激。这些不起眼的花儿，不会像牡丹、玫瑰、芍药、月季、杜鹃那样，以艳丽的身姿吸引你，它们默默无闻地开在某个角落，无声无息地散发着自己，它们从不企图引得你的爱，你的采撷，你的佩戴，它们知道不能给你带来任何光彩，但却为广阔的大气奉献自己。

我想，生活中有许多人也是这样，他们一直默默奉献，从不炫耀，甚至对于他们本身来说，他们根本不知道什么是炫耀。他们只是做，只是散播爱，多少年如一日地散发一种爱。这个时间的长度就像樟树的花香在空气中传播的广度一样宽阔。

我想起我母亲给予我们的爱,无言的,温润的,经久不息的,几十年如一日的。时间一年年流逝,母亲的爱就像樟树的花香,长年在我们全家弥漫。

多想,躺进云的怀抱

我喜欢看天上的云彩。我把云看成自然、自由的象征。云的美在于她自然地铺陈、喷泼。

云是婉约的,像婀娜的女子,娉娉婷婷,千般的美好不染纤尘;云更是大气、磅礴、雄浑的,仿如万马千军策马扬鞭而过时扬起的滚滚尘涛,浑然天成中尽显男人豪迈。

云是大手笔的泼墨画,是巨匠将大罐大罐的水墨在无限的高空倾泻倒下,溅落在天空的底幕上,自东向西,从南到北,自然、恣意地滑动、流淌;其间,经过了飓风、轻风、微风、熏风的整合,经过了美这个元素自始至终的精微雕琢,经过自由之翼在长空里无拘无束的搏击,使她具备了音乐的千变万化的曼妙的音符。云彩在眼里荡漾,韵律在心房拨动,在婉转与激越之间毫无阻隔,自由穿梭。

云像扯碎的棉絮,像堆积的棉层,像波涛,像冰雪,像河床里积起的千年冰冻……她们在广袤的穹顶下,有些是丝丝缕缕不失风情的点缀,有些是轻盈优雅的梦幻精灵,有些横贯东西,气吞长河,宛如巨大的飞鸟搏击长空后留下的人间巨象。

云有云的脾性。阴霾低沉的天空,是因为云的慵懒疏散;轻灵的天际是因为有云海仙子的飘逸点缀。好脾性的云带来清风白日,是大自然脉脉温情的恩泽;发了怒的云层让天空密布乌云、面露狰狞,那是大自然发威警示人类。

沉默是云的哲学,她靠变化万千的形体表达她内敛多思的情结。世人都仰望她,知之者却不多。世人皆讽她无根无性、飘浮不定,我独喜她自由高洁、不言不语的天性。

蓝天白云是大自然温暖、浩渺、圣洁的怀抱。日月星辰不分昼夜、亘古不移地在她怀抱中憩息;幸福的鸟儿是云朵的幻影,在天空中来回穿越。

我多想啊,也能躺进云的怀抱。可我,只是寂阒尘埃里渺小的一粒,人天两望,相顾何茫?

今天,我散步至一面湖泊。在湖泊里,我看到了整个碧海蓝天。在湖的蓝天里,大朵大朵的白云自由自在地迁移。有限的湖泊,融入无限的天空。天空在湖泊的怀抱里,恍如铺满棉絮的床铺。她们,是那样澄澈,那样自然,那样幽深,又是那样寥廓,那样亲近,那样旷远;但是,她们不再高远,她们就在我的眼前,在我的脚下,我只要伸出手,即可掬一捧蓝天、碧水和白云,只要踏出一步,即可投进她遥不可及的怀抱。

我闭上眼,我的脚下软绵绵的,我的周身都软绵绵的,恍惚间,我已徜徉在她的心怀。

瞬间百态

一、悄悄苏醒的春天

我一直不敢确定是不是立了春就能算是春天：气温依然很低，万物萧条杂芜。绕着小湖的那几棵柳树，枯干的枝条突兀地立在湖边，几只漆黑的小鸟在枝梢暴露无遗。黑色的鸟映衬着黑色的枝干。冬天的萧瑟如凄风般抽打万物。

春天不是一日忽至的。也许只有很少的几个人会注意到，立春后，柳树的枝条变得轻柔，枝条里面孕育的新叶正一天天把枝节撑得饱满，像欲滴的露珠，随时都会从深褐色的柳条里面绽出新芽。

万物都在悄悄苏醒，并默默勃发。当我们看到春天的百花齐放，以为那才是春天时，春早已经过了大半，夏之将至。

二、大自然的棉被

天冷了，气温降到入冬以来的最低。一块像毛玻璃一样的冰把湖面整个覆盖，不留一丝儿缝隙。

我不由得想起冬日夜晚睡觉时的情景，我也会把被子盖得严严实实不留一丝儿缝隙，不让哪怕一点点冷空气钻进我的被窝，侵入我的身体。那么，

是不是可以说冰就是大自然的棉被,当严寒降临,大自然即用她的棉被将水面覆盖,以保持河水的以及水中各种生物的温度。

三、瑟瑟发抖的树

中午的时候,阳光晴好,微风吹得湖面微皱,枝叶轻摇。湖边树林里的小鸟叫得太欢啦,它们热烈交谈,你一言我一语,高一声低一声,一刻也不停歇。还不停地飞来飞去,就像邻居们互相串门一般。湖里的鱼静静地待在水面,听着,似乎鸟儿们谈的话题与它们密切相关。只是它们似乎不欢迎我,我一走近,鸟儿便受惊了,立刻扑腾起翅膀,从一棵树飞到另一棵树,鱼儿也觉察到了动静,尾巴轻轻一摆,潜入水底。

人类把人以外的世界统称为大自然。人对大自然充满向往。可是大自然记住了我们人类的另一些东西,对于大自然来讲,人往往是闯入者、破坏者,因此,大自然对人产身了本能的戒备,就像那些鸟和鱼一样,一俟觉察到我的靠近,立刻警觉起来,并且急速逃离;那几棵树,看到我走近时,也许正吓得瞪大眼睛,瑟瑟发抖呢。

四、锻炼身体的鸟

外面的鸟儿真多啊。我站在三楼的窗口,可以清楚地看到鸟儿们立在树梢,它们飞来飞去,有时根本不是要飞向另一个地点,而只是倏地腾空飞起,努力在空中扑腾停留一会儿,然后又降落到原来的地方。

我想,它们这是干什么呢？后来,我突然明白过来:它们在锻炼身体呢。就像运动员要一直锻炼一样,鸟儿也要时时锻炼,提高它们的飞翔水平,并且谨防发胖。试想,要是一只鸟变成一只胖鸟的话,它还能飞得动吗?

所以,可以肯定地说:没有一只鸟儿是懒惰、臃肿的,就好像远古时期的人都是矫健敏捷的一样。只是到了后来,人类有了房子生活变得安逸后,才出现了肥胖。

对,要什么减肥嘛,只要到野外生存一段时间就可以啦。

五、成群飞舞的蚊子

昨天下午,我走到户外时,看到成群的蚊子,在阳光下,在空旷的地方,像旋涡一样飞舞着,形成一个个黑压压的圆柱。我路过它们,简直被它们包围了;我用手驱赶它们,穿过它们,它们依然盲目地飞舞着,似乎根本没有觉察到我的存在,或者根本无暇顾及我的存在。

显然,它们这样起劲地飞舞,不是为了食物,那么它们把自己的同伴汇集在一起,到底是在干些什么事呢?

我想,就连这样低级的生物界,也有着不仅仅只是为了食物,为了生存的更高级一些的存在,何况我们人类啊。

六、白天的月亮

下午四五点的光景,我在户外,仰望天空,看到一团团白云拥簇着一小弯狭长的月亮。

在蓝天的映衬下,白天的月亮,与其说她是一弯月亮,不如说是一片造型奇特又精致的白云。她没有夜晚深邃天幕的映衬,也没有散发皎洁的清辉。倒像是一位从天上落入凡尘的牧羊女,被她的羊群包围。

七、一条心中有数的狗

昨天,在我下班的路上,我看到一条健壮的大黑狗在路上径直向前跑去,跑向车流更加密集的公路。尽管我心中疑惑,不知它要去哪里,它倒是很笃定,似心中完全有数,一个劲地向前欢奔。

骤然间,我觉得自己的心情突然愉快起来,之前的踌躇不定一扫而空,似乎在突然之间也找到了自己的方向,精神也随之愉悦。

你看,当我们着眼大自然的时候,在大自然之中,我们总能找到自己的位置和方向,即使渺小、卑微,心也会变得笃定。

八、一个美好的小姑娘

在公交站台等车的时候,我看到一个年轻的妈妈抱着她一两岁大的女儿下车。下车后,小女孩频频向公交车挥手说再见,并目送汽车绝尘而去。

也许,与生俱来,我们便具有了这样纯真美好对万物自然生发的感情,就像这个孩子,对一辆载她而来的汽车充满感激,并依依挥手作别。只是,成长总伴随着衰败,于是,情感变得淡漠,人因麻木而对万物无动于衷。

 # 走在乡野

初春时节,去乡下走走。我看着乡野的景的同时,我自己也成了乡野的一景,乡下人看着陌生的人,陌生的衣着,甚觉好奇,远远地引颈翘望,心中疑惑,这是谁家的亲戚呢?有些人干脆问出来。都是极和蔼极可亲的,淳朴得像河边的芦苇。也有些老头老太看出我们的自在惬意,会亲切且自豪地说,到乡下呼吸呼吸新鲜空气,你们城里可没有。我微笑着说是呢,还是乡下好,我正想着到你们这儿买幢房子呢?你知道哪家要卖房子吗?老头老

太就会东张张西望望,做苦思冥想状,然后说不知道哩。其实他们不知道,我是个地道的乡下人,我的根在乡下,只是现在暂时在城里寄居而已。

前段时间下了些雪,积雪早已融化,田间小路正是最柔软的时候,脚踩在上面绵软舒适。走在田埂间,春风烂漫地吹拂,能听到风吹草叶颤动的沙沙声,旷野极静,于是连说话的声音也不知不觉变得轻微,生怕自己的喧嚣叨扰了这份静谧;空气又极清新,极享受地深吸一口气,毋庸担心空气中的灰尘、汽车尾气以及有毒元素。这份安静,这份清新,在城里无论花多少钱都是买不来的,这些都是乡下人才有的福分。想起以前去黄山时,导游对黄山的空气更是用尽了溢美之词,溢美之词用尽后仍是要用金钱来衡量,说是吸一口黄山的空气值十美元呢。在我想来,到黄山劳民伤财地呼吸那么几口确实非常纯净的空气,倒不如找个乡下安居乐业。

尚有些微寒,万物尚未复苏,芦苇的枯枝败叶在风中摇曳,麦苗因干旱显得营养不良面黄肌瘦,一排排水杉灰黑的线条直冲云霄,匍匐在田边的二月兰却开出了娇嫩的小花;几只老母鸡在田埂上寻虫觅食,两条黑狗在草垛后面追逐调情,老人和妇女们在田间不紧不慢地劳作……一派乡野风情,几欲让人沉醉。

每一个村庄前都有一条宽敞的大道,把家家户户联系起来。我沿着大路走走,便发现这里的与众不同之处:每一幢房子都不设围墙,每一扇窗子都不设防盗窗,裸露着与外界直接相通,每个人都心不设防,走在大路上,可以清楚地看到每一户人家的活动;另外,这里很少有人家养狗的,偶尔见到一两条,也极友善,摇头摆尾,全无看家恶犬之声势。可以想见这里的民风有多淳朴。想想城里一道道的防盗门窗,我倒是极羡慕这里,也更期盼能早日回归我的梦想家园。

乡下的房子都是依河而建,河南一排,河北一排,河东一排,河西一排。房屋宽敞,有些还很气派,丰沛的阳光照耀到房子的每一个角落。住在一个阳光富足的地方,人本身也就富足了,城里高楼大厦的遮蔽以及阴暗的蜗居是无法和乡下比拟的。前几天看到一段话:

　　"你若住在城市的楼群下面,每个早晨本该照在你身上的那束阳光,被高楼阻隔,你在它的阴影中一个早晨一个早晨地过着没有阳光的日子。你有一个妻子,但她不漂亮;有一个儿子,但你不喜欢他。你没有当上官,没有挣上钱,甚至没有几个可以来往的好朋友。你感觉你欠缺得太多太多,但你有没有认真地去想想,也许你真正欠缺的,正是每个早晨的那一束阳光,有了这束阳光,也许一切都有了。你的妻子因为每个早晨都能临窗晒会儿太阳,所以容颜光彩而亮丽,眉不萎,脸不皱,目光含情;你的儿子因为每个早晨都不在阴影里走动,所以性情晴朗可人,发育良好,没有怪癖的毛病;而你,因为每个早晨都面对蓬勃日出,久而久之,心生大志,向上进取,所以当上官,发了财。"

　　光线的质量直接决定着人的内心及前途的光亮程度。我是爱极了这乡野的没有任何遮蔽污染的光。早晨,只要推开门,一脚跨到室外,新鲜、洁净,充满生机的阳光便可自由自在地在身上照耀,心,一下子变得敞亮。城市的阳光穿过层层高楼,越过玻璃窗,以及一格一格的防盗设施,经过层层跋涉,经受太多阴影、烟尘的污染和噪声的侵蚀,早已变成世俗污秽的东西,沐浴在这样的阳光里,人的内心和前途又如何光亮得起来呢?

迅雷不及掩耳的春天

　　春天说来就来了,来得迅雷不及掩耳。记得以前三八节的时候还天寒地冻的,今年三八节我都穿衬衫搭毛衣了。往年的春天像个美人似的矜持得不得了,把人扔在寒冬中不管不顾,非得千呼万唤始出来,今年的春天呢,没点眼头见识,让好多人过年的新衣还没穿过瘾,就得匆匆收进衣柜,换季的衣服还没来得及买,迫不得已翻出陈年旧衣裳。

那些树啊花啊的,似乎还沉浸在往年的记忆中,仍停留在往年的生长节奏中,突然的升温,把它们弄得个措手不及。尽管温度已经骤升至二十五摄氏度,池边的几棵柳树依然是不紧不慢地绿起来,星星点点的绿先是把长长的柳条点缀,然后才是逐渐地占据。至于那几棵梅花,更是让我百思不得其解。往年的梅花在我还瑟瑟发抖的时候,就已经在寒风中傲然绽放。粉红的梅花在料峭的寒风中,更显其风骨。今年呢,天那么热,梅花却岿然不动。每天,我经过它们的时候,总想从它们身上发现点变化,可它们简直超尘脱俗了,根本不顾春天已然来临,仍漫不经心地沉睡,几乎看不到枝上小小花萼的苏醒。直到前两天,才醒了两三朵,胆胆怯怯开出瘦弱的小花。那时正好轮到我休息。休息完两天,再去看时,天哪,一树一树的粉红,都成了怒放的生命。又是一个失去了过程的迅雷不及掩耳,弄得我非常扫兴,以至于这花在我心里也不如往年美了,我欣赏她们的兴致也不高了:在这烈日骄阳下,还有何风骨可言呢,不过如温室里的花朵罢了。心里还不免为她们惋惜:过早地盛放,必然导致过早地凋零。

不管春天来得如何暴烈,春光对人的诱惑力总是不减当年的。春天说来就来,偏巧还有好天气,好空气,尘埃不知被什么东西一扫而空,碧空如洗,阳光干净。大自然就有这样的能力,她在扫除连日的阴霾和遮天蔽日的尘埃的同时,也扫除了人心里的阴霾和尘埃,让人满心欢喜,充满希望,向往光明。这样的天气对人有致命的诱惑力。比如我,看到这阳光,就不想在家,不想看书,不想看电脑,我一心只想着出去,出去,出去。去亲近大自然,享受这大好春光。实在不能出去时,我就坐阳台上晃荡晒太阳。

太阳呢,是个好东西,也是个坏东西。冬天的太阳又暖和又奢侈,我们追着太阳跑,夏天的太阳又毒又辣,我们避之唯恐不及,春天的太阳呢,是我们最为尊贵的客人,她大大方方,从从容容,客客气气,带来好多春的礼物,温暖我

看上去美

们的身体,也滋养我们的心灵。让我们的身体和心灵在经历过一个寒冬后,依然能够重新明媚,并且孩童般的喜悦又一次在我们体内重生苏醒。

春天,从眼眸深处走出

从立春开始,我就暗下决心,今年,我一定要亲眼见证春是怎样一步步走近的。

立春已经过了,蜡梅仍灿若烟花地开着,一小朵一小朵的明黄被寒冷冻得透明僵硬,像易碎的玻璃纸,让人心生怜悯,可她却毫无畏惧地挺立,不屈不挠地散发出浓烈的幽香,我一走到她的近旁,总在倏忽之间被幽香攫住神思,继而,将眼神在她的花枝上抚摩。

我一天天走到那一面湖前,仰头看那一圈柳树,看它们仍然枯瘦的老枝,在寒风中冷酷地抽打。

上下班的途中,我仰望头顶的梧桐。街道两侧无限延伸的苍老梧桐,一粒粒刺球在枝头摇曳,遇上大风天气,刺球破裂,黄色的梧桐如雪花一般在风中纷飞。

春,没有半点影踪,还在北方安睡;路边的行人裹着臃肿的羽绒大衣,天,依然冷冽。

最先开的是迎春,鲜艳的黄,亮丽的色彩,首先挑起你的眉梢,让你用关注的眼看你所处的世界;然后是几枝不安分的桃,露出粉色,竞相争俏。

不期然的一阵春雷,一场暴雨,一条蛇的惊蛰;春,仿佛真的来了,你跃跃欲试地脱下厚衣,想显轻快的单薄。

向晚,阴霾的天空,乍起的狂风,首先打消你的梦想,雪,说下就下了,一朵两朵,一片两片的。

你想,不会吧,不会真的下下来的,一两朵的雪花只是冬徒留的步伐。

瑞雪与春的争辩在悄无声息地拉开帷幕。

你睡了一个安宁的长夜,早上睁开眼,清晨用静谧诉说着新的不安和宁静。透过窗帘的你的眼,似乎预感到了什么,你"呼"的一声拉开窗帘,啊,窗外一片煞白,久久凝注窗外世界的你的眼,被雪的白,雪的美收住,收不回来。你控制不住要惊赞这银装素裹的世界了,哪里还期待什么春天,这不合时节的雪,让你的心不由得震颤。

那可怜的早开的迎春和桃花啊,被皑皑的白雪覆盖着,再现她们的风姿,你在被她们绝色的冷艳傲骨震慑的同时,不由得为她们的际遇惆怅。

天,依然时冷时热的。一忽儿像是真的要暖了,你急急地收起了棉衣,它又忽地变冷,仿佛成心要捉弄你。你捉摸不定它的脾性,你干脆不再猜测它了,在冷暖面前你认输了,在老天爷面前,你妥协了,你把棉衣久久地置于衣架,再不急着受骗上当了,你安然于这个乍暖又寒的季节,随天气的冷热添减衣裳。

你还是天天抬头仰望。透过光秃的枝丫,你看到空阔的苍穹,两长排的枝枝丫丫,伸展到目力所及的最远处,把天空映得一片苍茫,了无生气的灰蒙,寂寥无助的颓唐。

最先看到新生的叶子是蜡梅的。蜡梅花谢,地上落了一层的萎黄,点点细小的深褐色的小牙从硬戳戳的枝上挤出头来,再慢慢地把蜷曲的自己铺平,就成了一片片细小的叶儿了,是明黄的,薄薄的,透着细亮的光的,纤纤的脉络也是那样的细微分明如缕缕丝线。

接下来是垂柳,每一根枝条上,仿佛在一夜之间,都缀上了淡绿的柳芽,在冬天里无限苍老僵硬的枝条,现在变得无限的柔软,如柔黄的少女的长发,在风中轻轻自在地飘摇。对于柳树来讲,返老还童就是一夜之间的速成,对她来讲,也许没有苍老吧,只是增加了一圈圈的年轮,年轮是长在她心中的皱褶,她的面容如少女般光洁。

再看看那些常绿的乔木吧。我一直幼稚地以为那些常绿的叶子是终年不落的,我总是讶异于她们的叶子如何在春天里焕发新生,如何由墨黑的老绿变得娇嫩,蜕变在她们体内做了天翻地覆的变化,变老朽为新芽。今年,我终于看清了她们的本质。原来这常绿的树木,给我们玩了一个障眼法,让你们误以为她们的叶是不落的,她们只不过不是如柳叶、梧桐一般在秋风里一夜落光罢了,她们坚守了整整一个隆冬,在隆冬里以浓绿抚慰萧条,抚慰干枯的天空,抚慰我们失望的眼,然后再在春天里,在新的枝叶悄悄显现时,不着痕迹、无声无息地从枝干上剥落,像无名的英雄一样,在层林尽染时功成身退,隐姓埋名。枝条上摇着嫩绿了,在阳光下熠熠发光,谁还会注视落在树根里的枯叶呢? 她们是从来没有存在过的存在,没有失去过的失去,悄然无痕。

我走在丛林间,脚下踩着吱吱碎裂的枯叶,感叹着春的来临。

一大株不知名的花儿开了多久了? 树上正红,地上却是落红一片;桃林里层层的粉红落地,枝上的红一日日地疏了,残了,绿却一天天把空间充盈得丰满;头顶梧桐的叶子正一天天地大起来,从透亮的绿黄,到翠绿,到草绿,到大片大片扑扑着响的碧绿,天空又变得幽远了,空寥的天空再次被布置得丰盈,阳光透过越来越细密的缝隙照到斑驳的头顶,衣衫也就越来越单薄了。我们感激头顶的这一层天然屏障的浓荫。

还有不知名的高树,树上开了一大朵一大朵粉紫色的花,花香浓浓地渲染着,在街道两旁谁家的院落里,大肆盛放着。

我们是多么无知啊,周遭的世界,存在着多少我们的未知,我们不认识这,不认识那,我们感叹这,我们赞赏那,我们赞赏这四季的轮回。我们喜欢轮回,羡慕轮回,在生命终将走向末路的旅程里渴望轮回。于是,我们爱春天,爱这象征着生命,象征着终将存在,象征着新生,象征着没有死亡的春天。

春天是人人心中的一个梦,一个可以从头再来的,无限往复循环的梦。

>>>>> PART 2

我们都是
海底里的鱼

　　大海在我们头顶,我们是生活在海洋底层的人类,我们是海洋底层的抛弃了腮的鱼。我们抬头望天,就是仰望大海,云朵,就是浪花朵朵。面对太阳,我们只有低下头颅。

奔腾如欢快的溪流

溪水之所以能欢快地歌唱,是因为她始终向下奔腾。我看到人人都爱聆听泉水叮咚,却鲜有人懂得泉水的哲学。

漆黑的小镇,是村里人瞭望的灯塔;贫瘠的县城,凝聚了小镇人焦慕的渴望;奢华的都市又是县城人孜孜以求的梦想;只有久居都市,才会怀念乡土,五月青草的味道也能激起无限怅惘。

大海渴慕蓝天,水汽蒸腾为云;白云怀念故土,转而降下甘霖。

仿佛遵循这样的轨迹:低到尘埃,仰望苍穹;高居云端,俯视尘寰。当你抵达了一定的高度,你总渴望着向下奔流,如溪水一般地,欢快、自由地跳跃、驰骋于温暖的河床。

打开窗户,阳光扑面而来。仲秋的日光已有了冬的味道,暖洋洋地裹上微凉的身体,幸福透过每一寸皮肤滋长。

人,原本所需甚少,天冷了,想要温暖,天热了,只要凉爽。只是当你在严寒里获得温暖,在炎热里求得清凉,你的心又要拾级而上。

溪水在向下奔腾时飞溅起破碎的浪花,她一路所过之处,隆起的树桩、磐石从中作梗,兴风作浪。溪水她绕过,她避开,她依然欢快地歌唱,一路飞奔着涌向越来越宽敞、平坦的河床。

无数股溪流汇集到越来越宽广的河床,她们奔涌着流向同一个方向。

仿佛只有她们掌握了欢乐的秘密,她们始终在奔腾,始终是欢快地、一路向下地奔腾。一路上，她们都在高声歌唱。

最终，她们平静地、手携着手儿，相互拥抱亲吻着涌入浩无边际的海洋，在大海静谧的怀抱里安详。

还有比大海更加浩瀚的胸怀吗？这是怎样一种欢乐的抵达？整个过程都是轻松、愉悦、欢快的，可是她们抵达了最为雄浑、宽广的地方。

我们人，往往缺少的就是这一种智慧，为了某个目标，过苦行僧般的生活，仿佛自己是个罪人，非得借此惩处自己。殊不知，有一种抵达是一路欢快地奔腾而下。

甜（外五篇）

甜

甜味会使人产生幸福的感觉，尤其是临睡前，吃一小块甜品，然后把自己紧紧包裹在温暖被窝的怀抱中，闭上眼，这时候一种暖暖的幸福就产生了，她先在我们的口腔里融化，扩张，在抵达胃部的同时，这种幸福的感觉已经传达到大脑和心灵，以及每一根神经末梢。她是那样温暖体贴地把我们的身心包裹起来，像水一样漫过全身，让我们得到一种全身心的满足。只是要想获得这种幸福就得冒着生牙病的危险，千万不要刷牙，刷牙时水和牙膏清凉火辣的作用会让我们变得清醒冷静，会像洪水一般把这种幸福的感觉洗劫一空，消失殆尽。

由甜味而产生的幸福在睡前来得细腻而又真切,而在白天,这种感觉几乎不会出现。这不免让我疑惑起来。后来我发现,这是一种人类最原始的幸福感,这幸福感是通过我们自身创造的,用一种我们自己都觉察不到、体会不到、想不明白的化学反应过程,使我们得到身心上的最简单却也是最极致的满足,她不需要别人的施与,完全自发产生,就像刚出生的婴儿,会在最初的睡梦中安详地微笑,在这个梦中亲人对他所起的作用和产生的影响尚未产生,他的大脑是一片混沌的,这个微笑就是最原始的幸福的微笑了。人在深夜里总是越来越趋近于自己的本能,就像婴儿本能地在梦中微笑一样,人会以敏锐的嗅觉捕获一丝一缕的幸福,并将她们绾在一起,使其产生的原本分散的感觉变得真切感人;而天一亮,人从一夜的恍惚梦境中走出,面对一天中必须要面对、处理的事情,理性就又不得不自然而然地成为我们行动的主宰(这个转变的过程因其自然,我们几乎将其忽略了)。这大概正是我们在白天和黑夜里对待同样的事物产生的感觉却如此迥异的原因了。

人类有原始的自发产生幸福感的本能,这也许是又一个人类得以长期生存下去的一个关键因素,幸福让人对生眷念,给人以生存下去的信念。

墙

墙,是遮蔽我们的一道道栅栏,将世界分成一格格隐蔽的空间,人们在各自的空间里过私密的生活,同时透过这个私密的窗口窥视世界。人被其遮蔽保护,获取安宁。

我经常冒出一个奇怪的念头:若是在某个瞬间世间所有的墙都变得透明或是被全部推倒,那么,在那个瞬间里,定格在我们眼里的会是什么呢?细想想,那会是一个充满了寓意的,甚至滑稽、幽默的,悲哀的场面,有如神的启示一般耐人深思。

某一个女人手捧圣书目光安宁,她的隔壁有一个无邪的婴孩吮吸着稚嫩的手指,眼里散发出圣洁的光辉,婴孩的隔壁是一个垂死的老朽,眼里放射出最后一抹企图留住生命的绝望的光芒，老人的隔壁有人正在排泄，有人在大吃大喝，有人在病痛中呻吟，有人正在蹑足行窃，有人在谋划罪孽……头顶，正有人大踏步地走来走去，我们抬起头看到的是一个个跨着的裆部在我们头顶肆意地扫过，他们的脚似乎就在我们的头顶践踏；脚下，是一颗颗移来动去的头颅，恍惚间，我们看到的是一层层的人，他们一层层地叠加，一层层地践踏，把别人踩在自己的脚下，同时又被别人踩在脚下，却仍是安然行走于自己的世界。在我们的头顶，和我们的脚下，有人立着，有人躺着，有人卧着，有人佝偻着跪着……

这不能不说是一个千奇百怪的世界，只是我们被一堵堵墙，一道道隔板，一层层楼板隔着，我们变得盲目短视，我们只看到我们所生存的狭小的空间，偶尔窥视到室外的一小块世界，便让我们惊讶不已。

婚

想到"婚"的时候我不禁哑然失笑。

"婚"，在我看来是一个会意字，由"女"和"昏"字组合而成。该怎样解释呢？似乎怎样解释都让我不得不佩服老祖宗所具有的造字方面的杰出天才。将这个"婚"字拆下来，似乎可以解释为女人是在头脑发昏、感情冲动的情况下步入婚姻的殿堂的，她那时怎么会想到婚姻是囚牢呢？她还以为是神圣的殿堂呢！又可解释为女人一结了婚就要头脑发昏，她不发昏也不成啊，想想看吧，女人在婚后要面临的是什么呢？爱情幻灭了，自由失却了，成了别人的私有品，行动被束缚，堵住所有被爱的路，被自己的亲生父母视为泼出门的水，视别人的家为自己的家，生上几个孩子，成天围着孩子团团转，接纳所有她不认识的，原本没有任何关系的男方的亲戚……

好在这是古人造的字，时事变迁，如今，男女平等，"婚"的含义已不同往昔。我们只是在沿用古人的字罢了。

娶

　　"娶"字仍然是一个会意字,由"取"和"女"两部分组成。"取"的意思是拿,拿一件东西,拿是很方便的,伸出手来即可,拿什么呢? 一个"女"字,即拿一个女人回来,并把她放在下面。我发现好多含有"女"字的上下结构的字,女字都是在下面,这也许和我们老祖宗的潜意识作怪有关,在他们看来是千万不能让女人翻身的,得把女人死死地压在下面,万劫不复。事实上,经过几千年的努力,他们确实做到了。娶一个女人回家是一件很容易的事情,当一个男人达到成家的年龄,他的父母就会跟他说,娶个女人回来吧。很轻描淡写的一个娶字,是毫不费力的,就像拿一样东西一样,就像怀里揣了钱,去商场里买一件物什,都是轻而易举的事,这个娶字,是一次性地付出一点点力气,一点点金钱,接下来就是绝对地拥有,获取一辈子的报酬(不出意外的话),这显然是很划算的,是一笔成功的买卖,是一次微不足道的力量的付出,一劳永逸。

　　当然啦,与"婚"字一样,"娶"字也是古人造的字,现如今我们也大可不必管它原本的寓意。不过呢,如果可能的话,这些字还是改一改,与时俱进地造出符合当下含义的字来。

自然

　　以前,我总以为"自然"是很自然的事情,根本不用去解释的。现在,我第一次问自己,究竟什么是自然? 我试着解释自然:自,自己的,原本的;然,样子。自然就是自己原本的样子,我们的那个本我吧,未经修饰的,未经后天影响、改造的,人的本初的样子。

　　我发现孩子总是更接近于这个世界,更接近美,也更接近真理,更接近自然(是不是自然就是真理呢?)。可是他们什么都没有做。我们做得越多,背离得越远,我们懂得越多,就越不真实自然,我们越来越清醒地审视自我,可我们除了审视以及忏悔什么都没有做——对的,以及错的,善的,以及恶的。我们总是在失去,我们失去得越来越多,忏悔成了我们良心发现的习惯,是虚伪的无用的习惯和慰藉。

我们总是极度迷恋孩子天真、纯粹的脸,我们是企图从孩子的脸上找回我们失却了的那些自然吗？这样想的时候,又想到人生真的就是一个周而复始的过程,从拥有,到失去,到寻找,到再次拥有的回归。返璞归真说的就是这个吧,总有一天,我们会重新拥有自然。只是这个失却的过程,如何不让人心生万般遗憾感慨。

梦

简直就是可怕,梦以其深邃、隐晦、简练的形式,以其令人眩晕的色彩做注脚,使得梦变得真实可信,注解我们正在经历或曾经经历过的一些事情,一针见血地向我们指明我们本身尚未发现或是不肯承认、故作逃避的事物或事件的本质,也一次次重复曾经划破我们灵魂的滴血一般的事实,让曾经有过的伤害一次次重新发生,再次伤害,万劫不复。制造这种伤害的人永远也不可能知道由他亲手造成的伤害到底有多大,他以为这是早已过去了的,不会想到这伤害是可以再生的、重复的,周而复始的。

我们只在生活中运用语言,我们说,我们辩解,我们证明,我们运用声音,做一切有利于我们自己的事。只有梦是无声的,通过一幕幕在眼前闪过的画面,通过我们真切的、身临其境的感觉,隐喻地揭示生活告诉我们的一切,它不需要声音,不需要辩解,不需要证明,不需要说,它只是让你闭着眼睛看、在睡眠中沉思,这闭着眼的看,和睡眠中的沉思,摒除了杂乱,让你一下子接触到事物的本质,是你逃不了、避不开的洞彻你灵魂的东西。

梦与你是有距离的。梦懂了你,你不一定能懂梦。梦是我们的先知。

 ## 我们都是海底里的鱼

当我面对天空无数硕大耀眼的云团时,我知道那将会化作无数场雨,落到地面。那么,我们完全可以将云团看作水,将天空看作海洋。而我们,就是生活在海底的一尾鱼。

为什么不可以呢? 它们具有同样的性质,它们是同一物质构成的,它们同样蔚蓝,同样广袤无边,同样有浪花朵朵。

大海在我们头顶,我们是生活在海洋底层的人类,我们是海洋底层的抛弃了腮的鱼。我们在海底悠游。或成群结队,或独来独往。我们在海底寻寻觅觅,为生活在东奔西走。我们抬头望天,就是仰望大海,云朵,就是浪花朵朵,风暴,即是巨浪滔天。面对太阳,我们只有低下头颅。这是我们从仰望回归到自我的距离,跌落凡尘的距离———抬头与一低首的距离。

人在开心时会流泪,在悲痛时也会流泪。人在害怕时会颤抖,在激动时也会颤抖。我们多像是一尾鱼啊,感受着自己的感受,我们的眼泪溶于大海,无人能见,我们的颤抖在辽阔颠簸的大海里,几乎失之于察,我们看似大海深处平静生活着的一尾鱼,我们一辈又换了一辈,我们疼痛了一次又一次,我们内心的风暴无人能察。我们抚摸自己已没有感觉,非得把自己弄痛了不可。同样,你爱的那个人,被你爱得太久了,也是如此。你非得把他弄痛了不可,否则他对你就麻木不仁,只有当他感觉到痛了,他才会感觉到他的爱以及你的爱。

我们都是那一尾孤单的游来游去的鱼。渐渐地，我们失去了很多感受，我们变得面目全非，我们再不会像过去一样，愿意反复听一首忧伤的歌，让自己无限沉浸于忧伤中，享受忧伤，仿佛那才是生命。后来，缥缈的忧伤没有了，生命中的那一个时段，一去不复返了，我们生活着，疲于应付，来不及感受，来不及欣赏，来不及忧伤或者快乐，我们只是在生活，生活。似乎生活才是唯一。生活，是剩下的唯一。忧伤就是忧伤，快乐就是快乐，我们无暇驻足，急于摆脱，急急行走。是现实，也是无奈，是生活，也是成熟。人变得麻木，疼痛感变得滞钝，多像那一尾鱼，看似悠游，实则呆滞，随波逐流的鱼。也终于相信，那曾经的过去，不是矫情，而是心伤。

听大人的话

　　中国人总是喜欢听话的人。外国人我不了解。没有发言权，此处忽略。

　　我们从孩时起，就被教育，要听大人的话，再后来进学校后，被教育要听老师的话，工作后，则要听领导的话。美其名曰孝顺家长，尊重师长。就说我自己吧，我也常常教育我的孩子，让他听话。我说：乖，听话。仿佛这乖乖地听话便是他最好的美德。偶尔不听话了，我又会搬出古书里说的"孝以顺为先"这条霸王条款，让他无论对错，都得顺从于我，原因只有一个，我是他的母亲，而他，作为儿子，为一个"孝"字，不管对错，都有义务顺从我。我讲这话时显得底气十足，义正词严。有老祖宗撑腰嘛，声音自然洪亮。只是，讲这些话时的外强中干等虚弱的个中体会，只有我自己明白。为了维护

作为家长的尊严，这些感受我是万万不能说的，更不能让孩子知道。我与千百年来所有的家长达成一致，摆出家长强势威严的面孔，把家长的臭架子端得十足。威仪感自此而立，自我感觉甚好。

我不是批评孝顺和尊重，但一味地孝顺则显愚孝愚忠，而尊重的真正含义绝不是所谓的言听计从，那只会使人的个性扼杀殆尽，奴性由此而生。教育，从一开始就把人教育出了奴性。我想，教育之所以如此，是不是要显示家长、老师、领导们的权威？是不是要巩固他们的统治？

对于小一辈人的逾越，老年人总是无法接受和容忍的，他们以为世界是他们的，孩子更是他们的。事实上，年青一代正在不知不觉取代他们，他们有自己的想法，有自己的打算，甚或他们还会对老一辈人的僵化和无知嗤之以鼻。如果不是为了尊重，他们也许会嚷嚷：到一边歇着去吧，有我们呢。但是，世界原本在他们手中，年青一代需要一点一点把那个世界从老一辈手中接过来。人在生存的过程中，总会学上一些技巧。变得听话、懂事，顺而不逆等。这些都是讨人喜欢的。讨人喜欢的人总会被多给予一些机会；反之，个性太过独立，事事都有自己主张的人，则处处不受欢迎，不仅在社会上不受欢迎，就是在家里，在自己的父母面前，他们也得不到喜爱，因为长辈们觉得他们不知天高地厚，感到自己威仪尽失，他们且不管小一辈的对与错，他们只关心他们的主张和观点有没有切实地被接纳被采用，只管自己的统治地位有没有受威胁。

从小，我就不是一个很听话的孩子，遇事总是坚持自己的主张，即使父亲对我严词厉色，我吓得瑟瑟发抖，我也要在颤抖中坚持自己的看法和主张，绝不妥协。长大后，这一缺点也并未被社会这个熔炉熔化，似乎奴化的教育并未在我身上见效。但是，显然地，我正变得越来越沉默。

我承认，我深受其害，我宁愿沉默，不愿认同我不该认同的。可我竟然也在孩子的身上行家长之事，也把自己表现得像个家长，无论自己怎么说，怎么做，都希望得到孩子的认同，如果不，我也会以家长的名义要求、命令他。多么根深蒂固的家长精神啊。

如此进化

那天在公交车上看电视，一个披着一张动物毛皮衣服的粗壮中年男人，正向全市人民拜年。

那个披上了毛皮的男人，真像一头熊。

到了冬天，很多男人和女人，都喜欢裹上件动物毛皮做的衣服，时尚又保暖，更以其价格的不菲，提高自己的档次。于是，冬日的街头，常常可以看到裹着动物毛皮的人。

我不禁想：人为什么要进化到褪去一身长毛呢？既然褪去了长毛意味着进化，那为什么退回去，而且还是披上低等动物的毛皮呢？

褪了这一身毛多出多少麻烦事啊。就拿一条狗来说吧，一年四季，狗身上的毛，都随季节的冷热转变或浓密或稀疏，自我调节有度。我们没见过一条狗冻死，也没见过一条狗热死，倒是见过不少因为炎热或者酷寒而死去的人呢；我们见过衣衫褴褛的乞丐，也见过流浪狗，却从没见过一条毛皮褴褛的狗，无论怎样贫穷，狗，起码还能穿上一件好衣服，可以御寒，可以阻热，不会破烂，也不用担心哪天出门没件体面的衣裳。如此想来，我们很多人，在很多时候，倒真的不如一条狗呢。

再说，自从人类退化了长毛，人就不得不时时为自己准备衣裳。俗语说：人生在世，吃穿二字。可想而知，"穿"对于一个人有多重要。一个人，可以饿着肚子去见人，却不能光着身子去见人，甚至，在现在的社会，一个人也

PART 2
我们都是海底里的鱼

不能穿着破烂的、打着补丁的衣裳去见人了。你穿着这样的衣服，无论到了哪里，那里的人都会以鄙弃的目光睥睨你，将你拒之门外，反而，只要你穿着一身高档的衣服，即使你饿着肚子去见任何人，别人也会把你奉若上宾。从这一方面来看，穿，反而比吃显得更重要呢。难怪现在社会里的很多人，省吃俭用，宁愿饿着肚子，也要为自己置办一套套美艳的行头。是不是可以说，很多时候，人们付出的很多劳动，都只是在为自己换取衣裳？想想，要是人类没有进化到褪去长毛，而是像狗一样，像猫一样，披着厚厚的长毛，那人类可以多出多少时间来，像猫一样，像狗一样，想着自己的事情，沉浸于自己的内心，满世界游荡，过自己休闲无忧的生活，不用担心因为衣服的问题而遭人白眼啊。而且，在狗的世界和猫的世界，在动物的世界，也不存在有谁会因为对方衣衫褴褛而被压抑，被拒绝，被抛弃。人类世界若也能如此，则会少了多少狗眼看人低的事情发生啊。如此想来，我倒是更想知道，到底是哪个世界更为文明？这样的进化到底还能不能称之为进化？难道这样的进化真的值得？

由此，展开来说，人类因为进化而吃煮熟了的食物，人类因为进化住进了房屋——可是也许正是因为这个进化，导致了更多的人为了吃饭和住房付出更多辛劳和痛苦，导致了更多的人不再有饭吃，导致了更多的人不再有房住。也导致了有房住的人、有饭的人，以异样的眼光看待没房住的人，没饭吃的人。你说，这难道就真的是所谓的进化，抑或文明？

同理，人类的进化，将人类生存的地方分成了城市和乡村，人类进化出了汽车、火车、飞机，人类进化出了工厂，人类进化出了各种各样的电子产品，进化出了各项科技成果，人类进化出了各种消费场所和挥霍场所。人类进化与发展本身的目的，是为了让人们生活得更好，可是所有这些进化了的东西，把人类带入文明世界的东西，都把人们缠绕进一个大的生活链里，每个人都成了这个链条的一个环节，每个人都在这个巨链上滚动，有些人在齿轮处疼痛挣扎，有些人冷漠地利用某个机关操纵齿轮绞动，有些人邪恶地指挥操纵齿轮的人如何绞动……人类以忙碌为代价，以失去自我为代价，以一刻不停地转动为代价，换来的所谓的进化抑或文明，到底值或不值？抑或是说:这到底还是不是所谓的进化或文明？将现代人的幸福度与印第安土著人的幸福度相比,你能肯定,你的幸福就大于那些你们认定是野蛮人的幸福吗？

还记得小的时候,没有电话,没有电脑,没有手机,每个月不要交电话费,不要交电费,不要交网费,不要交手机费,喝水不要钱,没有人有汽车,住的房子大家都差不多,吃饭、上学,也花不了多少钱,那时候我们过得也很开心,想法也没有那么多,后来,我们拥有得越来越多,渐渐地,这些东西我们都拥有了,谁能说我们的劳动,我们的烦恼,我们的忧愁,我们的辛苦和痛苦,不就是为了获得这些东西？这些物欲上的劳累和忧愁,把我们驱赶到另一条道路,在这条路上,少有幸福,有的只是大多数时候的不满足,和极少时间的心满意足。我们的忙碌,换取的只不过是我们物质上的消费,我们的精神退归到哪里去了？在物质越来越丰富的年代,为什么越来越多的人在心理上产生了疾病？为什么越来越多的人感到孤独无依？为什么我们越来越感到迷茫？为什么我们会迷失？到底,我们内心向往的是些什么？我们精神的归属在哪里？……这些问题难道不值得沉思？归根结底,我们在精神的进化慢了一拍,始终未能跟上物质和生理上的进化。这是悲剧之所在。

身体的牢笼

天,突然冷了,这冷的速度,超过了我加衣服的进度,乍一出门,才猛然发现,冬天,真的来了。突然地,身体的存在那么确凿无疑,所有的寒风都裹袭着往身体里灌,身体的每一个细胞都在喊冷,都在哆嗦,在收缩。就在这个瞬间,身体从天而降,身体存在了,并且只存在身体,之前所有有关外界的一切,都不存在了,其他所有的一切都不存在了,我只关心身体。身体就是以这样一种方式突兀地来到的,它以这种方式横亘在我面前,于是,我看到了我的身体,我知道,我要给它加衣,要照看好它,不让它带给我不适,不让它带给我疾病,否则,我就会被困在身体里面,无法飞跃。

某上市公司的老总,为我们这个地方的经济做出过很大的贡献。地方的老百姓都很敬重他,地方员官更看重他,每回他回老家来,地方官都去拜见。他是我们这地方的神。就是这样的一个神,在某一天,他的肝出了问题。于是,他的神性生涯结束了,他变成了一个人,一个有血有肉,有五脏六腑的人,他得求医,他得问药,他得换肝,可做了所有的努力,仍未能把他从身体里解放出来,他在有生之涯的每一天都得为他的身体操心,他被困在他的身体以内,他的身体成了他的牢笼,他无法再飞跃,无法忘记它,无法摆脱它,他成了他身体的囚徒。有一天,牢笼坍塌了,囚徒困死在牢笼里,年龄未满六十。

现实中,太多的人活着活着就忘了自己是人,错把自己当神,很了不起的、无所不能的神。

在我们的身体正常的时候,我们根本想不到身体,我们只是在生活,我们利用这一具躯体,却又忘了躯体,在生活之中尽情穿梭,感受人生百态。身体退居到一个工具的位置,就像一把用来耕地的犁头,就像出行时坐的一辆车,身体只是"我"的一个行动工具,只要它不反抗,我们喝酒,我们抽烟,我们熬夜,我们百般蹂躏它;我们用腿走路,用眼睛看,用手做事,用嘴说话,这所有的器官,都是工具,都在为"我"服务,为外在的"我"服务,我们只为"我"而存在,却从不去想:没有我们的身体,哪来的"我"。人,在正常的时候,身体是幕后的,隐蔽的,甚至是不存在的。只有在身体有感觉时,有异常时,比如,感到寒冷,感到炎热,被病魔折磨,只有在这个时候,身体才凸显出来,才会以压倒一切的强悍姿态横在我们面前,让我们无暇顾及身体以外的一切,让我们寸步难行,甚至断了我们的后路。只有这时候,我们才知道"我"只是一具躯体,离了它,我们什么都不能够,离了它,我们什么都不是。

正是这样。所以,我说,正常生活中,人是忘乎所以的,是不切实际的,是飘飘然的无所不能的,像一棵被拔地而起的树,是没有根的,他不认识自己,不认识自己的身体,不认识自己的生命。只有寒冷,只有炎热,只有疾病,只有衰老,只有死亡,能把一个人打回原形,打到最低处,打回自己的根部,打入泥土,知道自己凭依什么存在,其他所有的一切都是轻的,飘的,微不足道的。可是,人总是活着活着,就忘了自己是谁,忘了自己只不过是一个人,就像猪只是一头猪一样,人也只不过是一个血肉之躯的人。只有人会不认识自己,会忘乎所以,会飘飘然错以为自己是神。

生命中的迷雾

生命中的迷雾,也像是大气层中的迷雾一样,逐层打开,逐层消散,而后,生命的真面目渐渐清晰。

所不同的是,生命中的迷雾并不像气象学中的迷雾,它在层层笼罩之时,我们不能看到迷雾本身的存在,只有当我们拨开了一层之后,才发现那一层迷雾曾经迷蒙了我们的双眼,当我们拨开了另一层迷雾,才发现那一层迷雾也曾遮蔽着我们的眼睛。在迷雾之中,我们是不能识别"庐山"真面目的。

我们的生命中有太多层叠着的迷雾,我们生活在层叠的迷雾之中,因而心中也有了太多茫然和困惑还有挣扎。随着时光的推进,迷雾层层散尽,无论我们生活在什么境地,内心也能逐渐澄明、清澈、洞然、豁然、超然、了然,知道有什么在路口等着我们过去,知道有什么将会降临在我们的头顶,还有些不切实际的梦想似乎一辈子都不会来临,知道一切避无可避,知道生活不是一堆轻飘飘的物质,可以随意来去,它有它自己的规则,需要我们去遵循。于是,生活就成了一个没有悬念的定数,它就是那样,它静静地站在未来的某个地方,等着我们一步步、一步步地走过去。沿途,有好些个站台。它们分别叫作:快乐、幸福、苦难、病痛、生离死别。我们不是生活的主体,生活本身才是主体。是它在等待我们,迎接我们,是我们走向它,俯就它。它站在人生的一个个站口,等待我一个个去面对,去经历。

我知道人生只有一条路,它并没有多少选择,只有一条一条路走下去。

曾经的十岁、二十岁、三十岁,都不算什么,都像梦一般恍惚轻盈。我们在那个年龄哭,在那个年龄笑,回头再看,更像一场梦。当梦醒来,你会发现,笑也笑得不真切,哭也哭得不真切。同样的事,放到现在,也许你哭不出来,也笑不出来,只是会依然忙碌着你们必然的生活。只有到了这个时候,我们才真正感受到它真正的重量,实实在在的重量。它不是用梦想来命名的,也不是用幸福来命名的,更不是用苦难来命名的,它是那么真实地浸透进我们,以至于不需要给它以名字,我们仍能真切地感受到它。我们不再是一个凡事措手不及的人,而似乎对一切都有所准备。幸福也好,苦难也罢,闲适也好,忙碌也罢,都是必需的,只能如此。是生活在牵引着我们,而不再是我们描绘生活的蓝本。我们已经有了足够的心理上的能力去迎接它,并且承受它,担负它。此时的我们,已经有了更多的现实的成分,并且,它刻入我们的骨髓深入我们的灵魂,成为我们本身的一部分。正因为如此,我们本身变得厚重,我们被拖入不可更变的现实,并且,这部分现实成为我们存在的本身,成为与我们骨肉相连的部分,若想摆脱,势必会有如同揭开皮肉的血淋淋的疼痛。

一生的战役

有一天,在我经过朋友家楼下的时候正好接到她的电话,本来那天也没什么安排,于是我决定到楼上去坐坐。我们坐在沙发上边喝茶边聊天,不知怎的她聊起了她的妹妹,聊起她妹妹的婚姻。她说其实婚姻就像是一场战役,年少时她们目睹了父母亲在婚姻这一场战役中的煎熬,如今她又眼看着她妹妹在婚姻中绵延不绝地战争。她说她就不明白了,为什么不能把婚姻这场战役当作一场盛大而华美的战役来打呢? 她还说如果处于婚姻中的每个人都能通过自己的美好、宽宏的胸怀来搏击攫取对方心灵这块土地那该有多好啊!

当她说起婚姻是一场战役的时候,我想到不仅婚姻,谁的一生不是一场战役呢? 同时我还想起了我的母亲,想起母亲被岁月战败的模样。

如今的母亲益发地显老了,老到只能在往事的回忆中获取甜蜜的回忆。我想老了的人是不大会展望将来的吧,于是和母亲在一起时总会听她一遍遍地提起我们姐弟三人的陈年往事。有一次母亲在我帮她修剪脚指甲的时候说起,我在四岁以前,只要失声大哭总会背过气去,然后是全家人手忙脚乱地用掐人中,咬脚后跟的办法把我从昏厥中拯救过来。说起这事时总不忘在后面感慨一句:总以为你是养不大的哩,哪能想到还会有你给我剪指甲的这一天呢!

我听着就笑了,我说我打胜了生命中的第一场战役啊。我不知道母亲有没有听明白我的话,她只是仍眯着眼睛半醉似的沉浸在过去的日子里。

PART 2

我们都是海底里的鱼

母亲已经很老了,头发都花白了,视力也衰退了,甚至连身上的骨骼都僵硬了,以至于弓着身体都够不着自己的脚指甲了。像是战败归来的士兵,一路的丢盔弃甲后只剩下伤痕累累的躯体束手就擒地等待着岁月做最后的裁决。我忽然想起当生命这一场战役打到尽头的时候,谁又能逃得过丢盔弃甲、伤痕累累、等待时间做最残酷又最公正裁决的命运呢?

当母亲回忆我幼年的岁月时,我就会很害怕地想到那个等待着母亲的归宿。好像我的生命之首与母亲生命之尾是紧紧连接在一起的,隔了茫茫的时空的距离,幸福与哀伤竟然在同一个时刻在母女两个人的内心同时消融着彼此。母亲赋予我生命的那一刻是我生命之战役的初始,母亲完全没有料到我会战胜我的生命中的第一场战役。当有一天我的战役正打得波澜壮阔、有声有色的时候,母亲却正以不可预知的速度滑向这一场战役的另一个彼端,这哪里是我所能承受的呢?

我很害怕记录下这样的文字,我知道这些文字的残酷一如岁月,一如被围剿殆尽、无人生还的战场。我还知道此时的母亲在晒台上眯着眼睛,享受着阳光以及我手的温情的抚摸,回忆着过去阳光一般逝去的日子,她一定是幸福的,她因她儿女们的幸福而幸福着。这当是她这一场战役中最辉煌的战利品吧,所以母亲从没有过像我这样的惊慌和哀伤。母亲安定地向前行进着,行走的步伐缓慢从容得如同一只老弱的蜗牛;母亲满脸印刻着的纵横交错的皱纹是她一生的印记,那深浅不一的沟沟壑壑里沉埋着她一生的密码,在那里,它们用这种没有人能够解读的文字记载着她的一生。这些隐藏在生命最深处的文字,我想只有母亲自己最清楚,只是她并不去回忆纵横在这些沟壑里的沧桑。她只是没有太多语言地生活着,跟随着生命的轨迹,做她该做的事情,一切都理所当然地行进着,她不知道她付出了多少,她也从来没有过把一生当成一场战役对待过,安然笃定地前行,从容不惊的脚步。母亲照看着她的子女们,照看着她的孙子孙女们,一辈一辈的,在母亲瘦弱的怀抱里,在母亲曾经的唠叨声里,用最原始的方式滋长着;母亲看着我们一个个从褓褓中的婴儿长成书房里的学童,再一个个成家立业各自过上安稳的生活,母亲的幸福也就在脸上开成了簇拥得满满的花朵,如深秋时节怒放的菊花。我们一个个就成了她挂在胸前的炫目的勋章,记录着她一生中的每一场战役收获了怎样丰饶的果实。

母亲永远都不会知道我在抚摸着她有些僵硬的骨骼再抬起头来看着被她忽视了一生的满脸沧桑时是怎样的惊慌失措。母亲从来没有以为过她是打了败仗,败在了岁月的手上。她也没有看到我的忧伤。她哪里知道在那一个阳光明媚的午后时光,我抚摸着她的双脚,我的内心经历了怎样的动荡呢。我只是沉浸在自己的心思里微笑着低声应和她对往事的回忆。

此时,我的孩子和我弟的孩子正在客厅里戏耍。我想到未来的某一天,当他们在另一场属于他们自己的战役里同样打得波澜壮阔、有声有色,而我以及我的母亲却都滑向了这场战役的另一个彼端时,他们会不会穿透过时空的距离偶尔想起这个阳光明媚的午后时光,他们的祖母满脸纵横交错的皱纹,以及他们的母亲或姑母额头上悄悄铺陈的细密纹络会不会抬起在另一个时空之上。

母亲

写下这两个字的时候内心是沉重的。因为母亲在我心里是沉重的吧。

周末时去看母亲。儿子站在我身边,母亲说看,你儿子都快有你高了。我说是啊,其实还有一句话我没说,那就是母亲已经没有我儿子高了。儿子在长高,越来越靠近天空;可母亲却在缩短,母亲的身体越来越向下了,靠近土地。心忽然地就向下一沉，像是被土地拽了一个趔趄。

忘了从哪天起，看母亲的眼睛再不是没心没肺的坦荡，因为那一天我忽然发现母亲黑发丛中的一根白发。往后的日子里，我总是小心翼翼、躲躲藏藏地看母亲，偷偷地注视、悄悄地观察，像是在做一件不可告人的事，是偷窥着母亲一天天走向衰老，还是像掩耳盗铃似的躲避着母亲的衰老呢？不管是前者还是后者，心，总是忐忑不宁的，怕，攥住心脏跳动的那种怕，无法言表。

母亲是真的越来越老了，我看到母亲的黑发中总有根根白发张狂地往外钻，两鬓处的白发就更多，整个地被染成灰白了，于是那些轻若游丝的白发就重重地压在我的心头了；母亲的皮肤白，这白色的皮肤都有些让我讨厌了，要是黑一些该多好，黑一些的皮肤一定会遮住一些褐色的老人斑吧，可是母亲的皮肤真的一点儿都不黑，于是那些老人斑在母亲的脸上、脖子上、手臂上、腿上，所有暴露在阳光之下的皮肤上都被褐色的老人斑肆意铺陈着，扎着我的眼睛。我知道那是母亲多年在阳光下暴晒，在田间辛苦劳作的结果，于是，这些褐色的，深深浅浅的老人斑又像冰块一样寒冷地打在我的心房上了，我仿佛听到心房上的瓦楞"吱吱"开裂的声音。

我回母亲家的次数越来越少了。说真的，我是不想回去，我怕回家，怕看到母亲，怕听母亲唠叨，怕听母亲说她哪儿哪儿又疼了，怕听母亲说父亲又和她闹别扭了……我怕好多好多。所以有时我会找出借口来逃避着不去了。一切都在我美好的想象中，母亲很好，父亲很好，他们都在开开心心地和邻居老头老太打麻将，有说有笑，家里一定都很好，我的心就安了，像是沙漠里把头扎进沙堆的鸵鸟一样，心安理得。

去，当然还是要去的。不去，母亲会不放心，打来电话说来吃饭啊，一家子都来。于是，我们全家又兴冲冲地去了。儿子和小表弟玩，先生和父亲、姐夫还有弟弟围成一桌打麻将或玩牌，我们姐俩陪母亲说笑，我附和着母亲，再不和母亲争吵了，我难得地变成了极其听话的女儿，我给母亲掏耳朵，剪指甲，有时，我也抢着要帮母亲做饭、洗碗，但我的心，真的再也轻松不起来了，我的思维再没有简单过，它们都尖锐刻薄毫不留情地向我昭示着什么，让我惊恐、慌张。当我突然听母亲说前几天她做了胃镜的时候，我听到我的心发出"咯噔"一声响，就好像是我自己一屁股坐到了地上：啊？做胃镜难过不难过？检查结果是什么？现在在吃什么药？有没有效果？好些了吗？……一连串的问题发出去，得知一切都还好的时候，心，又侥幸地暂时回归原处。

儿子快要放暑假了，我要母亲来我家住住，因为临近的水街，每个周末的晚上都会上演家乡剧淮剧，有《珍珠塔》、《牙痕记》、《四郎探母》……都是母亲爱看的。可是妈妈呢，要照顾她的小孙子，可忙了，她才不来呢。

天天

每天，从家务和琐事中摆脱出来，去往工作地点的时候，对我来讲，都是一个脱离部分琐事和世俗的过程。这个时候，我套上耳机，打开莫扎特 A 大调第五协奏曲，在卑微的尘埃里将自己无形地拔高，音量调到相对可以将外界排除在外的高度，于是，我就有了相对的独立、自由、个人的空间了，世界一下子不存在了，家庭的琐事、孩子，还有亲人，我都可以将他们暂时搁置于脑外，我只存在于自己的时空里。

这是一段相对单纯的时光，是一段可以尽量纯粹的时光，几乎可以说是脱离了凡俗的时光。

这一段时间的我，可坐在窗内，沐浴在阳光下，可以看书，可以站在窗前，带着赞叹、惊奇的眼光，看楼下那一大块密林。那里，每天都是那样新鲜,蕴含着神秘的力量,我打量它们,细致地观察它们,用我爱的眼光丝丝抚摸它们:看树的枝梢里躲着的一只神秘的鸟,看它与谁遥相呼应、双宿双飞;看哪里又开出了一大簇我不知名的花儿;看园丁推着除草机在地面的草坪上钻来钻去,把草坪推平,一股股浓郁的草汁的香气扑鼻而入;看河边的柳树如何由枯枝变得一天比一天稠密,又如何一天天在秋风里凋零;看窗外的雨,有时细密无声,有时滴滴答答地畅快淋落,看偶有的雪如何把世界染上一层一层的银辉。

就这样,我一天天地看,从我还是个未婚的女孩,看成十几岁孩子的母亲,从未厌倦过,每天还是那样的惊奇,甚或越来越爱,爱这一片多姿多彩的绿。这绿,有的绿得发红,有的绿得明亮,有的绿得暗沉,有的绿得明快。我久久地凝望,确有所思,有时步入其中,抬头仰望,低头凝思,阳光洒落在一层层的斑驳的绿上,偶有鸟儿突然扑扇着翅膀惊飞……

我语言的能力远远低于感觉的能力,我的感觉战栗,我的语言平庸。只是我知道,在这一天天的看与读中,我越来越靠近了这一片绿。我用我的阅读,支撑这一信仰,一天天用阅读来陪伴它。这一年年地过去了,小树长成了大树,草地每年都拔出与前一年不同的新绿;我忽略了十多年的松树,在今年,我也终于看到它开出的一朵朵黄色的像宝塔一样平凡的花朵,那花里,饱含了细小香甜的花粉,我不知道蜜蜂是不是如我一般的粗心,将它一忘十几年;我终于看清了楼下的那几株蜡梅,看它们在寒冬里怎样长久地绽放,即使被严寒冻得死僵,也仍是散发了近两个月的幽香,看它的花如何瓣瓣凋落,看它的叶又是怎样一天天生长,从刚挤出枝条的黑褐色的一小点,到一片片嫩绿的叶子在阳光下透明铺展,如果不是经过冬,我如何也不能在夏天里把它们辨认;看常绿的树如何在春天里不着痕迹地卸下旧装,披上新绿。

这神奇的、变幻莫测的世界啊,我一天天反反复复地看,越来越痴迷地沉浸在它无限的大美里,我看天上的云,看夜晚的星和月,看它们就在我三楼窗外的屋顶,它们让我的心怡然宁静,我的心充满了对它们的羡慕,我的语言单薄,无法表达它们在我的心里究竟激起了什么。是它们,一日日陪伴我,我的音乐,我窗外的景色,还有我的书本。

这么多年过去了,我捧了多少书啊,从琼瑶到金庸,从池莉到王小波,从余华到余秋雨,从纪伯伦到梭罗,从莎士比亚到昆德拉,从马塞尔·普鲁斯特到泰戈尔。他们给我人生的每一个阶段加上了值得信赖的注脚,我在他们的文字里追忆我的过去,又在他们的文字里走向永远不可抵达的自我。

阅读是一个寻找自己的过程。我一直找啊,找啊,我心中的圣地,我如何才能真正抵达?我的书也像窗外的树一样,它们一年年地长大了,我呢,我想,我也长大一些了吧,我不再哭泣,不再诉说苦难,内心里有再多的焦苦也不诉诸任何人。我最多的表情是笑得圆满,我最多的话语是我真的想要好好地爱你,爱我的亲人们,爱我该爱的人,爱我的孩子,我用最大的坚忍面对生活恶意嘲弄的赐予,终有一天,我认同了它们,安然于它们,我不知是我麻木了,还是我豁达了,我的心胸变得朗阔。

回家的路,我又一步步堕入尘俗,那里是我尘埃的落脚点,我一点点地再将它们捡拾起来,把它们全部的纳入胸怀。

每天,我就在这两个时空里穿梭着,那是我世界的两极,每一极都有我的最爱。

安顿生活

仿佛是从一个机械,走进另一个机械,机械地推动生活的车轮,机械地在景区间穿梭不止。

偶尔的出游,短暂的欣喜后,回归自然生活。我还是喜欢这平静无为的庸碌。忙碌的生活,使人失去自然修整的时间。长年累月的忙碌,即使不辛苦,也会将一个人肆虐成生活的傀儡,你来不及修整自己,只是机械地喘息,为了生命,吸进一口气,再呼出一口,像长年在赤日疾风下躬腰耕作的老农,无暇直起他们的腰板,天长日久,他们的脸膛紫黑,皱纹纵横,后背曲驼。

每天,我都会经过一小段蜿蜒的碎花石小径。小径两边分别有一片翠绿的竹林,三丛盛开的夹竹桃,三株苍翠的栀子,一棵蜡梅,两大棵童童如盖的桃树,几株正妖娆盛开的紫薇……有时,我会绕远几步,走到竹林的另一边,沿一洼小小池塘,在柳条的轻拂下仔细搜寻池里的游鱼穿过一道窄窄长廊。长廊的另一边,是一大丛密密匝匝的迎春,地上铺满经年的落叶,下雨天散发出腐烂的特殊香气,晴天里,落叶又被踩得吱吱作响。池塘里不时有鱼儿泛出水泡,一个个在刚出水面时随即炸裂,仿佛有秘而不宣的趣事正在发生;不时还能看到几尾黛青色小鱼自在悠游。极偶然的情况下,我会踩着咯嗒作响的青砖小路绕到池塘另一边,在那边有两株紧挨着的栀子,几丛月季和冬青,一棵半死半活的老桃树,一大簇茶花,还有整整一面墙壁的爬山虎。所有这些,在我的眼里、心里,都充满了诗性的美好,尽管我没有成就一首诗的快乐,但这些诗性的美好所成就的快乐,她们不时光顾我颤动的心房,在我心房里成就一首首快乐叮咚的旋律。较之出游时怡人的快乐反而更胜一筹。

那么,我何必要做匆匆的旅人?何不安顿下自己平静闲适的生活?我们又是在怎样地曲解生活?

生活闲散得可以任由我选择每一次该将足迹印上哪条道路。每每穿过这些小径,总像穿过一段幽深往事,像是在岁月里穿行,又像是在心思里穿行,在自然里穿行。步伐慢下来,往事,还有美好的心思、想象,以及思想,总会不期而至,人会在顷刻获得安宁、遐思,和来自大自然的无限喜悦。只有大自然能给予人以无限的惊喜。我常常为一片新吐的绿叶,一朵含苞的花朵,一丛落锦而流连欣喜。

相较而言，我更喜欢这种从大自然里自然获取的喜悦与宁谧；在于缓慢的步伐中，自然投入我视野的一些神迹；而不在于匆忙的跋涉、奔波之中，纷至沓来的良辰美景。那不是生活。

我更爱生活。神迹自然显现的生活。一只头顶白冠的小鸟迈着细碎的小步在我面前匆忙飞逃，一只硕大蛛网中心盘踞的蜘蛛，一棵一半葳蕤一半垂死的杨柳，一朵走错季节的纯白色栀子……

在这个夏末秋初的季节，有两株栀子出奇惊人的吻合，她们都分别走错季节，在早已不属于她们的花季共开出四朵芬芳的栀子。我确信这几次神迹都只显示给我一人。面对碧绿的一丛，那几株不在花季的栀子早无人问津。某一个夜晚，当我把怀念的目光再次投向路灯下的一丛，我突然讶异地发现，有一朵白得发光的栀子俏立于枝头，我惊喜地把她当珍宝一样拢于手心，她比往常的栀子更幽香，更纯净美好，也更安静；她不是一丛，而是一朵，孤零零地在清冷的夜里翩然而至，独自绽放，像稍纵即逝的昙花一样珍贵。接下来的日子，每天，我都会绕过她们一丛又一丛，在这之后的好些天里，我一共发现了四朵。

如果没有足够的时间和金钱，如果不能如过生活一样充实、完整地经历、了解一座市镇，一个乡村，一道山峦，一面湖泊，如果没有闲适的步伐和心态与身外之物完全融合，如果步履匆忙、走马观花、浅尝辄止，只做匆匆的旅人，那么，还是把生活安顿在这自然里吧。

秋越来越深了，已经有好些天我再不见一朵栀子。我知道要想再见，除非来年，但我仍是一次次把留恋的目光在她们身上流连。你知道吗，栀子的叶子也带有极淡的栀子的清香。蜡梅的叶子，也带有蜡梅的清香。我猜想着，花朵定然是绿叶的精髓。

我把我的生活安顿在脚下，安顿在大自然里，而不是遥远的远方，我不期冀于旅途的发现，我只从大自然里索取。那里有无尽的宝藏，只是你要以爱的目光。

划里画外

　　人活着活着,步履就会越来越沉重,因为有了越来越多的过去。

　　我们所有的经历,都不是轻飘飘一去无所踪。表面看去,我们在岁月里向前行进,被新生活占据,过去与我们背道而驰,被滚滚而逝的岁月长河席卷湮没;事实上,曾经的,无论是欢乐,还是痛苦,轻松,还是沉重,都以不同色系的笔墨或浅或重写进我们幽深的记忆,甚而包括飘忽无所似的童年,它们给我们的心以重量,我们会不由自主地回顾,内心深沉,与往事有千丝万缕的联系,仿佛我们身后,拖着一根隐形的与岁月同长等重的尾翼。在这样的情况下,谁还能保留有年少时轻快的步履和心态呢? 又有谁能说自己的过去是一味的轻松?

　　曾经的挚爱,都会像梅花一样烙在心中,何况伤害。梅花孤寒且美,这个烙字,是火烧,是焦灼,是一个漫长疼痛流血的过程。天天里被一把梅花一样美丽的刀一刀一划地刻着,不知不觉中,心上梅花印越烙越深,化作隐痛,深深掩埋。没有人看得到,有时甚至连自己本人也无视了,但是,它却化作实实在在的重量,压在心里,在以后的日子里,也许一个偶然不经意的触动,便会蓦然发觉,心的沉甸甸的分量,以及仍然存在的尖刺般的锋芒,刺向我们的心脏,心脏犹在滴血,泪水仍会盈出眼眶。

　　生活就是这样,给我们划上一道道刻痕。人,也和树木一样,树木在尘土里扎根,人的根扎在尘世,岁月给树木画上年轮,同样,也给人划上印记。

年轮一圈一圈，像同心圆一样美丽，所以我用了图画的"画"字。这个轻到没有分量的字，犹如小孩随性涂鸦，事实上，树木在岁月里何尝不遭受风刀霜剑，岂不见树皮也从细嫩光滑演变成沟壑纵横，只不过疼痛在她身上，我无能感受，我仅看年轮童话般的美丽而用"画"字。

当你发觉岁月给你划上刻痕，你便也拥有了如同树木年轮一样的美丽。我常想这个"划"字，读音与"画"相同，写法却相去甚远。繁体"画"字"畫"应该是个会意字，上面是一支笔，下面是两横中间一个"田"字，是用笔在纸上画出田园的景色吧？我私下里做如是解，不知切不切；"划"字呢，左边一个"戈"，右边一把立刀。立刀无须赘语，戈是古代一种兵器，横刃，用青铜或铁制成，装有长柄。单从字面看，两个字分量就迥乎不同，画是纸上千秋，划是持刀操戈，岂有不伤的道理？画与划，表面看，是两个迥然相异的过程，实际却是相辅相成，相得益彰，刀戈刻画内心的同时，正有一支画笔用笔墨水彩涂画描摹着人外部的特征。有枕戈待旦一词，人生有些类似于枕戈待旦，人的一生都是枕戈待亡，没有绝对幸福的人生，人的一生随时都有被戈刺中的可能。人在刀与戈的作用下，经过不知多少次或轻或重的削、剪、砍、刘，终于渐渐削去了棱角，剪去了锋芒，砍去了浮躁，刘掉了自我（自我有太多自私的成分，当自我越少，我们会变得越为宽广博爱，真正的自我，应该是安详内敛、心存大众的），如此，外部的那支画笔便逐渐为你画出一幅秋叶之静美之图画，这种静美会在你的周身散发出迷人的气息和光芒，绝非绚烂可比。我只能说这是一种抵达，人生经历了地狱、炼狱，终于抵达天堂。前些日子读朋友文，写廖静文先生的："八十七岁高龄的老太太了，淡雅如竹，娴静若菊，清癯玉立，超然绝尘。回来后朋友问我，她美吗？我回答，是一种超越了美丽的美。女人的美，姿色只属于年轻，任谁都是昙花一现；而一生的美丽是需要经历的累积和情感的酝酿，就是陈年佳酿，历久弥香。"便是这样一种美吧，如秋叶之静美。泰戈尔《飞鸟集》有言"使生如夏花之绚烂，死如秋叶之静美"。依我说，生命中绚烂的时段毕竟短暂，且绚烂总伴随虚无浮华，只有静美才是人生洗尽铅华后的回归，但倘若静美需死后方至，人生未免缺失太多，完满过少。想起两个月前，在清华园内荷塘边，其时烈日当空，荷开正盛，迎面而来一位老太太，年逾古稀，衣着简朴，昂面直视，手操于背，弯腰躬背与地面呈九十度直角健步疾行，大有山泽清癯之容，亦是超然绝尘之态，双目所视如电光石火，锐利迅捷，宠辱不惊，超然格物。老人家与我错身而过，我却久久不能忘怀，感慨该是怎样一番人生历练，才有了老人家今日之修为，与荷塘中盛开之莲花同，用美来形容仍嫌亵渎，恰如朋友所说，是一种超越了美丽的美。

又想起另一句话："如果有来生，我要站成一棵树，站成永恒，没有悲欢的姿势，一半在尘土里安详，一半在风里飞扬，一半洒落阴凉，一半沐浴阳光。非常沉默非常骄傲，从不依靠从不寻找。"何须等待来生？人生在"划"那两把兵刃的作用下，兼之内心的某种操守，亦如上所言"一生的美丽是需要经历的累积和情感的酝酿"，那么，或早或晚，总会抵达，画出人生的静美。只是请不要害怕，不要被那两把兵刃会使你滴下淋淋的鲜血吓退，岂不知凤凰涅槃，浴火重生？

生活

人，过着过着就疲了，对外在的一些东西不复如前看重。比如衣着和容貌，觉得没有必要花太多的心思在这些上面，旧衣服一日日地穿着，心里也自安定清爽，也不太关心自己的容颜，是老了还是丑了些，是晒得黑了还是又白了些，这些都变得不重要，心静如水的时候，才意外地发现，不再关心，反而添了难得的安静和淡定,这些不是做面膜和化妆所能达到的。心,渐渐地有了方向,找准自己的位置,知道什么是自己最终想要的,这也算是一种抵达吧。

久居闹市,竟然真能闹中取静。以前距市中心远,心里时常想要逛街,如今居于市中心,置身琳琅满目的商品货物间,却视之不见,安然于自我,也算是一种进步吧。人活着活着就气定神闲了,难怪常能看到鹤发仙颜的老者,这一种美竟是年轻美貌所不能企及的。

我有淡定的时候,也有手舞足蹈癫狂不羁的时候。昨晚上,我突然身随心动,一边叫嚷着要看古典书籍,一边做出孩童一般的举止,将手举过头顶,边走边舞,儿子笑说没见过这么大的人还像我这样的,说我是哪吒,三毛,金刚葫芦娃,是永远长不大的人。我想,孩子是人类的天性,并不羁于老幼,只是大多数人活着活着便把天性丢了,这有生活的原因,比如沉重和苦难,也有个人的原因,人们总是给自己加以条条框框,比如大人该是什么样的,仿佛大人也是用某种模子铸就的,人人都有板有眼,不得逾矩,殊不知这却违背了自然。

人总是从生活中有所得,生活是一本书,一直在跟我们对话,给我们讲道理,这需要我们用大脑去解读,用心倾听。有一天在我最近的一张照片上,看到了曾经在妈妈照片里看到的同样的东西,我细一辨别,那是从我们眼神里透出的无言的沧桑。我心下凛然的同时,似乎读懂了妈妈,也读懂了我,读懂了生活,从我的眼睛里,从我们相同的眼神里,更是从我们同样正经历着的生活里,我循着她的足迹而来,我在生活的某一个阶段,领略到了生活的沧桑,我悄然无所知地把它写进心里,通过眼神折射到生活中。而母亲,尽管识字不多,却也同样读懂了,我相信。只是她不会如我这般付之文字罢了,她只是默默地书写在心里,这对于一个人来讲,也够了,沉默是美德,沉默来自沉重,生活推动着人,也压迫着人,读懂了,就喘口气,歇歇儿,继续走下去,毕竟是懂了,便没有什么纠结了,可以安然地走下去。而我,这样一写下来,反觉得轻佻,失去了母亲那样的庄重和高度,这正同大爱无言,大悲无泪是同样的道理。静观生活无语或是独语，是我目前尚不能企及的高度，总有不甘寂寞、浮动的心，所以总在表露着。仅通过私藏的文字算是独语，通过博客张贴出来，便又违背了生活的本旨。

闲话日子

小时候，真正只记着自己一人的生日，才刚过年时，就算计着今年几月几号是自己的生日，然后巴巴地算，掰手指，在日历上做记号，无论如何，自己的生日总是不会忘记的。

那时候，常常感叹妈妈能记住那么多人的生日，外公、外婆、舅舅、舅母，还有好几位姨娘姑母。至于爸爸，还有我们姐妹几个的生日，那自是不必说的，每逢到这些日子，妈妈总会简单则煮个鸡蛋，隆重些是要做饼，包粽子，下长寿面的，最让我感到不可思议的是，妈妈竟然还能记得去世多年的曾祖母、祖父，外祖父母的冥寿。

结婚后，连续六年我都没能记得先生的生日。一次二次忘了，我便归罪于他偏偏要过农历生日，我向来是不记农历的；再后来，每到生日，先生就心下默默盼着，希望我能想起，我呢，更是早早做好准备，比如早早翻日历，记住他农历生日那天对应的阳历日期，有时甚至连礼物也早早买了，心想即便忘了，也有礼物撑腰，罪不致太过。结果往往生日前几天我还天天念着他快要生日了，恰到他生日那天，我却忘得一干二净。先生也沉得住气，我知道他是和我斗心眼，更是希望我能主动想起，哪怕在生日那天的晚上，可我偏偏与他愿违只字不提。终于，等到他生日的晚上或是第二天，他才幽幽地问我今天或昨天是什么日子。我恍然想起，跌足顿首悔恨不已。他呢，感叹说哪里是记不得一个日子啊，是心里没有这个人。

孩子的生日是从来不会忘的，而且农历和阳历两个生日一个不落地给他过。父母姐弟的生日也总是忘，姐姐却记得，总是姐姐打电话给我，说谁谁要过生日了，什么时候一起回去。每接到这样的电话，我心下总是一顿羞惭自责。如此持续好多年。

这两年，不再会忘记先生的生日了，而且不需要再做翻日历、做记号，提前强迫自己记忆等事，似乎是自然而然的，到时候就想起来了，内心很安逸坦然地给他买生日礼物、过生日，没有强迫记忆时的那种牵强和心虚。不仅如此，连父母公婆姐弟等人的生日也都能非常清晰地记着，快到生日时就天天都想着惦着，爸爸要生日了，妈妈要生日了等。然后不等姐姐的电话打来，我就沉不住气地先把电话打过去，说谁要过生日了，我们买些什么礼物好呢？

今年，才刚过了中秋，我就想到两个月后是妈妈的生日，心里总想着，妈妈的生日快到了，然后日子一天天往后靠，仿佛只是为了靠近这个日子。

我在洗碗时想着这个日子，想到我心里装下了多少个这样的日子，想到曾经羡慕过妈妈可以记得那么多日子，想到如今的我，也能记下这许多日子了。我终于明白为什么妈妈的记性会那么好，原来是因为妈妈的心里面全装着她亲爱的家人，装着这些日子。我看到了妈妈的胸怀。

一开始，我的心里只有被我误称为自我的自己，如今，我也成了我的妈妈，我的心里也装着我亲爱的家人的一个个平凡普通却幸福真实的日子。

谁能高得过生活

终于等来了严冬。最低零下五摄氏度的低温,来得较往年稍微早了些。

当秋天来临,寒意一天天深入,心就惦念着冬。知道冬总是要来的,寒冷是逃不掉的,所以就一日日地盼着,成了一个心事,日日关注天气预报,看着气温一波波下降,恍似熊市的 K 线图:高一波、低一波,最终越来越低,趋向于零,归于零,再低于零——总算盼到了尽头。已经到了最冷的天气,于是,一个冬也就这样了,没什么好盼的,没什么好怕的,没什么是熬不过的,最艰难、凛冽的日子都来了,再后面,期待的就是雪,是春天,是童话了。

冬天,是需要童话的季节;严寒的季节需要童话和期盼,温暖心灵。雪花就是冬天里的童话,在寒冷里给人以希望。

和漫长的冬天一样,我也有好长时间没有写字了,宛如经历了一场酷寒的洗礼,树叶一片片剥落,剩下简约的枝干,心中隐隐看到一片模糊的坦途,黯淡的光明。总好似明白了什么,关于生活;却又混沌着。我把生活看得高过一切,把自己降低,从文学的高度降落,俯身倾向平实的生活,并拥抱它。我以为,这是我部分地抛弃了自我,以及自私,回归到常人的高度。没有什么高得过生活,抽出时间来陪家人说说话、看看电视或者一起忙碌,比一个人埋头看书、写字、思考伟大多了。我不知道我还能陪伴我的亲人多久,只要可以久一些,让我的亲人永远留在我的身边,我愿意接受他们所有的缺点,无怨无悔。

看到一个活生生的人，带着无可更改的固执、较真、偏颇，起劲地活着，是一件幸福的事。这些都是活生生的滋味，这就叫作有滋有味。活生生地活着，就是生活。看着自己的亲人有滋有味地活着，是一件无与伦比的幸福的事，这是冬天里的童话，寒意、隐忧，相伴着温暖、幸福，绝望之中，又充满春天般的希望。当冬天降临，下一个春天正悄悄孕育。

当人到中年，仿佛季节经历过短暂、蓬勃、轻狂的春和夏，进入萧瑟、沉重的秋。我们一下子要承受那么多、那么多：我们的长辈，一天天老去，一天天遭受不可避免的病痛的折磨；我们的孩子，还没有踏上人生的路途，需要我们坚持不懈地搀扶。我们遭受阵阵秋霜击打，心中的绿叶变得斑驳疏落。我们惊恐于严寒一波波来袭，我们担忧会承受不住。我们害怕，害怕，永远也不敢说出口的害怕。我们也笑，可笑刚在嘴边漾开，寒意在心头顿生——五味杂陈、百感交集。我们不能尽情地笑，也不能无所顾忌地哭。生活把我们塑造得前怕狼后怕虎，我们畏缩，我们懦怯，我们瞻前顾后。

该来的总归是会来的，就像严冬一样，冷空气总归会降临，一段段的生活也总归会归于零，趋向于无。还好，生活有希望，这些希望像童话一样，在暗中指引我们坚强地、乐观地活下去，当一个十年过去了，我期待下一个完整的十年。

关于生活，没有什么高过生活，一切。这是我近段时间的认识。可是当我写下这句话的时候，却想到除了崇高的献身，向科学、文学，以及所有一切伟大的事业献身。这些只能源于信仰，源于无法撼动的爱。很难说这些献身出于自私还是无私。相对的主体不同，结果便不同。

每个人都有自己的生活，只是方式不同，不能妄自菲薄，也不能自以为是，更不能厚此薄彼。我们大家，都在平实地、朴实无华地生活着，有人冷漠，有人疏离，有人热切，但都是同样地生活着，只有低于生活的，谁也高不过生活。

母亲是一本书

下午的时候,母亲,姐姐和我出去闲逛,没买什么东西,却说了不少话。母亲说,人就是个混世魔王。母亲说,你看看日本大地震,就知道活着没必要那么较真。母亲说,房宽不如人宽,人宽不如心宽。母亲说,比我穷的我不看不起人家,比我富的我也不巴结人家。母亲说,她看透了,人这一辈子没什么意思,就这么过过算了……

母亲说到这最后一句话的时候,我突然想起莎士比亚也说过类似的话。莎士比亚借麦克白之口说:"人生如痴人说梦,充满着喧哗与骚动,却没有任何意义。"母亲说的话很淳朴,没有任何修饰,没有文学上的美感,但母亲也表达了与莎士比亚同样的思想。我突然发现母亲就是一本书,一本人生的大书。

母亲没读过多少书,只读到小学三年级就辍学了。那会儿,对一个女孩子来讲,不读书是很正常的事情。还记得我们小的时候,常会看到母亲捧一张我们写字的纸或是报纸看。母亲会把不认识的字指给我们看,问怎么读;偶尔,母亲还会写上一两个字,边写边说,唉,全忘了,你看我写得对吗?我们总会欣喜地发现,只要母亲写下的,就一定是对的。只读过小学三年级的母亲,干农活的粗糙的双手,写出的字像小学生一样笨拙。不过我们都很喜欢母亲偶尔写下的那几个歪歪扭扭的字,从不觉得那是丑的,只会觉得那个时候的母亲是特别亲的,离我们是特别近,特别可爱的。母亲是简单的,热爱文字的,尽管她认的字很少。

我常常想,我们在岁月里流逝,岁月如书页般被一页页翻过,这翻过的页码全都形成文字烙进我们的身体,一页一页地累积,越积越厚,假以时日,我们每一个人都成了一本越来越厚重的书。

历经了六十多年的风霜岁月的母亲,渐渐读懂了岁月这本书,开始给我们做最简单直白又权威的注解。母亲和我们说话,和我们交谈,那就是母亲在解读她身体内的那一本书,将母亲这一本书一页一页地读过,就是在读她经历过的人生。从母亲选读的几个书页中,我仿佛可以穿透岁月这一堵墙,深入幽深纵横的岁月里面去,隐约看到在母亲的心灵里曾经经历了什么,遭受了什么,抵御了什么,遗落了什么,获得了什么。

 # 万盏灯火

每一扇窗里透出的光,都是一盏灯火,每一盏灯火里面,都有一个幸福的家。

一万扇窗里透出的光,就是一万盏灯火,一万盏灯火里面,就有一万个幸福的家。

每一个晚上,我站在窗口,总能看到这个城市有无数盏灯火亮起。我知道,这无数盏灯火里有着无数个幸福的家。

我在每一扇窗里都看到一个爸爸,一个妈妈,一个孩子。我看到每一个孩子都在灯下看书,每一个妈妈都在灯下穿梭,每一个爸爸都在灯下静坐。

看到这些光,我就看到了幸福,看到了一个拥有爸爸、妈妈和孩子的家,我就看到了幸福。也就是说,看到一个完整的家,我就看到了幸福。

每一天,我站在阳台,看到前面楼上的一个妇人,在厨房里忙碌,我就感动,感动这个家庭有一个勤劳的妈妈,这个感动让我幸福;每一天,我在厨房里劳作的时候,看到后面楼上的爸爸妈妈抱着他们的小宝贝在阳台上戏耍,我就感动,感动于一个孩子、一个妈妈、一个爸爸的感动,这个感动也让我感到幸福。

这样简单地想着,幸福是如此简单,如此触手可及。事实上,我根本看不到来自一个家庭的龃龉,来自一个家庭的病痛,来自一个家庭的忧虑,来自一个家庭的残缺,来自一个家庭的不幸;我看不到一个家庭的眼泪,一个家庭的阵痛,一个家庭的天崩地塌。我只是看到一盏温馨的灯火便想当然地以为那是一个幸福的家庭,孩子优秀,妈妈贤淑,爸爸能干。

每一天,我站在我的阳台,看到楼下一位因化疗而秃了顶的老人侍弄他的花草,我就感动,感动于一个被绝症宣判了死刑的身体的移动,这个感动让我感到悲绝的惶恐。我总会想到一具不再会呼吸的身体,和一整个鲜花盛开的花圃,它们的对比是如此强烈,以至于让我想到人的生命比一朵花更加脆弱。一株盛开过鲜花的植物,它会葱茏上三个季节,然后在来年的春天里再次开放;而人呢,一生精心侍弄他的花草,一朝亡故,花尤在,人已亡。

每一个夜晚,我都会把家里的每一盏灯火打开,不留一个阴暗的角落。这样,无论从哪一扇窗口看,我的家,总有一盏明亮温馨的灯火。这样,别人的眼睛便看到了,心便感到了幸福。我在这个灯火里穿梭,在这个灯火里忙碌,在这个灯火里自然而然地思索一些简单的问题,在这个灯火里过最最简单的生活。

我想,在很多扇窗户里,在很多盏灯火里,有很多很多的人都如我一样,做日常的事务,很多时候无忧无喜,自然而然地思索一些简单的问题,过简简单单的生活。我想,很多盏灯火里面真的有一个幸福的家,也有很多盏灯火里面有一个不那么幸福的家。但是只要还是一个家,就构成了一个完整的元素,构成了一个圆,一不留罅隙的圆。一个圆代表一个圆满,即使这个圆再小,并且里面有所缺失,但它仍有完整的外壳,这个外壳是坚硬的,外力无法击碎的。就像楼下患了绝症的老人和他的花圃,只要老人仍在,老人和花圃就构成了一个完整的圆。这个圆让人感到甜美的幸福。

前几天,前面有一幢楼上发生了一起火灾。当消防员灭了火进楼检查时,不幸发现一具类似人的尸体的灰烬。后来得知是一个三十多岁的男子纵火自杀身亡。起因是他和妻子吵架,妻子负气带着孩子离家出走,他一时想不开点燃了煤气。

难道这个男人有权利这么做吗? 由于他的生命是他父母给予的,所以他的生命就是他父母生命的生命,他有什么权利剥夺他父母生命的生命呢? 由于他的妻子是他自愿娶的,自他娶了他的妻子,他就有了一辈子做她丈夫的责任,他有什么权利使他自愿娶来的妻子永远失去她的丈夫呢? 由于他的孩子是他自己生的,从他生下他的孩子第一天起,他就有了给予这个孩子一辈子父爱的责任,他凭什么让一个孩子终生丧失父爱、孤苦伶仃? 谁说他的生命是他自己的? 谁说他可以自行了断他的生命? 楼下那位被癌症宣判了死刑的老人,仍精心侍弄着他的花草,精心呵护他与花草构成的一个圆;他,一个三十多岁、正当壮年、有父母、有妻子、有孩子的男人,他如何可以将原本完整的圆猝然打破呢?

一个原本完整的圆有了一个巨大的缺口。这个缺口里面,一个孩子永永远远地失去了父亲,一个妻子将要背负一生的愧疚,一个父亲和一个母亲将要怀着永世的悲恸……他的孩子、他的妻子、他的父母,他们所有人一生的幸福都被他的一时冲动葬送了,即使今后,他们仍然有可能有微小的幸福,但这幸福也绝不会是完满的、阳光的。这一切都是因为这个男人不负责任的一时冲动。从此,每一个经过他家楼下的行人,看到他家的那盏灯火,感觉到的再也不会是幸福,他们会想到这一个人家的孩子是一个可怜的没有父亲的孩子,这一个人家的女人是个可怜的没有丈夫的女人,这一个人家的父母是一对可怜的老年丧子的父母。

一朵油菜花的幸福

　　一朵油菜花的使命是成为一滴油,如果它不能最终成为一滴油,那它就不能被称之为油菜花。所以,我们每一个人,都不能阻止一朵油菜花成为一滴油。我们不能摘下它们中的任何一朵,不能以拍照的名义破坏其中的任何一朵。我们可以摘牡丹,摘玫瑰,可以摘百合,摘蔷薇。因为它们,都只是作为一朵花的存在,它们的使命就是一朵花,一朵供人赏玩,供人采摘的花。成为一滴油的油菜花是幸福的。最终被人食用了的油菜花更是幸福的。一朵被人摘下了的蔷薇是幸福的。

　　一个孩子的使命是长大,一个学生的使命是学习,一个妻子是一个丈夫的使命,一个孩子是一个妈妈的使命。如果,一个孩子没能长大,他就没有完成他作为孩子的使命;如果,一个学生没能好好学习,他就没有完成他作为学生的使命;如果一个丈夫没能很好地珍爱他的妻子,他就没有完成他作为丈夫的使命;如果一个妈妈不全心全意为了她的孩子,那她就未能完成她作为妈妈的使命。一个长大了的孩子是幸福的,一个学习好的学生是幸福的,一个将妻子作为使命的丈夫是幸福的,一个好妈妈更是幸福的。

　　我们每一个人,都不是单一的,我们的社会性决定了我们要同时担当诸多角色,每一个角色都有其不同的使命。比如我,作为女儿,我的父亲、母亲是我的使命;作为媳妇,我的公婆是我的使命;作为妻子,我的丈夫是我的使命,作为母亲,我的孩子是我的使命;作为社会人,我的工作是我的使命。这些使命都是可以完成的,作为这么多的角色,我想,我们每个人都是可以抵达幸福的。但是,这里面独独缺少了作为我自己的使命。就像一朵油菜花,只是作为纯粹的一朵油菜花的使命,它的使命不是作为花朵,不是作为一棵油菜的孩子,不是作为大地的滋养,它只是作为一朵油菜花的使命,它的使命是成为一滴油,一滴被人食用的油。那么,作为我自己呢,仅仅作为我这单独个人的我自己的使命呢?我想,即使我完成了其他所有的使命,独独遗漏了这一使命,那我的人生也绝对是一个严重的缺失。可以说,我,作为我个人,根本没有存在过。我其他所有的角色,都是可以由别人替代的,并非非我不可,唯有"我"自己这个角色,是必须由我自己来完成的。那么,作为我本身,我这一个单独的人,我的使命是什么呢?

在我们刚一降临人世时,我们的心就一直被厚厚的积雪覆盖,仿佛我们来自另一个被冰雪尘封多年的寒冷的世界,我们降临人世时,带着我们厚积尘封的积雪,积雪的下面,是我们蒙尘的心房。我们来到人世,来到这个有着太阳、月亮、星星,有着亲人还有爱的宇宙,尽管这世界也有严寒,也有冰点,但是我们应该更多地去感受来自这个世界的光和爱,我们应该更多地把心面向阳光,面向亲人,面向爱;因为,只要我们更多地面对她们,我们就会更多地被光照耀,被爱温暖,我们才能更多地反射出光,反射出爱和温暖,我们积雪的心房会因此变得温暖;当我们的心变得温暖,厚积在我们心房上的那一场雪就会缓慢融化,融化;融化的水流经我们的心房,洗濯我们蒙尘的心房。我们经历时间,经历岁月,经历风雨,我们在岁月的长河里涤荡,我们的心啊,就一直这么被洗濯着。有时候,因为我们内心太过温暖,雪就融化得快一些,洗的速度也就快一些,我们能感觉到心的溪流在哗哗流淌;有时候,由于我们内心阴云惨淡,雪就融化得慢一些,我们能感觉到我们体内的溪流似乎又开始冻结……

这几年来,我总是在努力让我的积雪融化,努力地让我的心的溪流流淌洗濯,我想努力冲刷净蒙在我心房的尘埃,可是我还是总能感觉到我的心,要么是这里,要么是那里,总是有一些皱褶,总是有一些脏污,总是有一些斑点。这些皱褶，这些脏污，这些斑点，似乎是根深蒂固的，它们顽固极了，仿佛是和那些积雪、尘埃一起，是从另一个世界带来的，有时候，我以为它们已经被我融化的雪的溪流冲洗干净，可是，在某一个不经意的时候，它们又会像菌类一样繁殖泛滥，又会像成熟的孢子一样飘落布满我整个的心房，再次将我的心房厚厚蒙蔽。也许，我，作为单独的我自己的使命，便是穷我一生地将我心房的积雪融化，将蒙在我心房上的尘埃全部洗涤干净吧。

当我终于将我心房上的积雪融化，将蒙在我心房上的尘埃彻底洗净时，我想，我便如那一朵最终成为一滴油的油菜花那样，终于抵达到我的幸福。

在时光里活着

把一点一点的记忆连成线，就成了一段已逝的时光。已逝的时光犹如耳边呜呜作响的风，它在耳边呼呼有声，却无法捕捉。仿佛是确凿无疑的虚无。

我们每个人，回想起过去流逝的时光，是不是总觉得自己在营造一个空中的阁楼呢？那个营造的过程让我们心绪激荡，心驰神往，又虚无缥缈。然而，空中的楼阁终归是要倒塌的，没有任何意义。

我们每一个人，是不是都在穷其一生，营造一个又一个的空中楼阁啊？我们一次次抵达终点，又一次次迈出新的步伐，重新开始。人生，似乎因为这一次次地终结又一次次地伊始，变得充满希望；心，似乎因为这一次次的终结又一次次地伊始，而变得豪迈。

我们人，也许正是依靠这不绝的希望、信念活下去的吧。

也许，也许。

人生就是这取之不尽用之不竭的也许。人生正是这取之不尽的也许。

我们期待，我们等待，我们努力，我们恒守。就这样，我们走完了人生的全路程。

只是，人处在时光之中，总会生出点事情来，要不然该是多么苍白。所以即使回过头去，看一个倒塌了的世界，想到曾经经历的一切就算都是惘然，也还是有所慰藉，毕竟，没有白白流逝一段岁月；毕竟，那一段岁月像肿瘤一般隆起一个坚硬的硬块，无论时间如何流逝，你的指尖总会触摸到那一个奇异的隆起，这个隆起提醒你的过去，提醒你的过失，提醒你的收获，让你的心起波澜，又更让你的心趋于安宁。

一颗心，总是要经历一些什么才会摆脱躁动吧。所有过去的时光，都是有重量的，它们仿佛在不断给心脏施以压力，我们的心，在这个压力的作用下，爱、恨，反抗、挣扎，气馁、妥协，终有一天，我们摆脱了浮躁，变得安宁。

如此说来，又有哪一段日子是白白度过的呢？又有什么是没有意义的呢？

我们该感激我们生命中遇到的每一个人，无论是友好的，还是敌对的，无论是爱过的，后来不知所踪的，这些，所有的人，他们都曾让我们陷入沉思，陷入沉重。如果没有这个沉重，那么我们的生命将永远浮而不实。我们需要经历，需要重量，需要沉重。这些，都是生命中必不可少的东西。

在沉思的时候，就是我们在成长的时候。有时候，我们成长得缓慢；有时候，我们仿佛是经历一个生命中的飞跃，我们从昨天走向了今天，突然之间，改变了生命的路径，从一条窄道通向某条坦途，或者从某条坦途通向一条窄道，我们不再是昨天的自己，我们走着与过去迥然不同的道路，我们背离，同时迎接；我们失去，同时得到。

不能说我们行走的道路按着时间的顺序总是呈上升趋势。人生的道路曲曲折折，就像我们的情绪一样，时而低沉，时而高昂。我们活在时光里，更活在自己变幻莫测的情绪里。我们被情绪左右，于是，错与对，变得不得而知。

>>>>> PART 3

回不去的村庄

　　它们烙着时代的烙印，多年后，当有人提起开发区时，人们大致能说出它所处的年代，却唯独没有我村庄的烙印。这个生我养我的存在了几千、几百年的村庄，在短短几年之内，忽然就死去了……

在城里的乡下人

　　城里的小区总有绿化。有些小区绿化不好,留下一块块杂草丛生的荒地。进了城里的乡下人,看到一块块荒废的土地,心疼不已,时时琢磨着该怎么把那些空地利用起来。可是又胆怯,害怕小区保安从中阻挠。先是有一个胆子稍大些的乡下人,在傍晚时分,扛一把生了锈的大锹,一声不吭,在一个偏僻的不引人注意的角落里锄草开荒挖地播种。要不了几天,也许只是几平方米的一小块地方,立刻就与别处判然有别,平平整整,郁郁葱葱,生机勃勃。不知是小区保安粗心没发现,还是睁一眼闭一眼,反正没人过问。这个乡下人胆子更大了,心更欢更野,他又扛来了大锹,开始第二次开荒。经过上回的劳作,大锹上的铁锈磨掉了,亮晃晃的。小区里还有些胆怯的乡下人,他们早就打荒地的主意,早就蠢蠢欲动,早已看到第一个扛起大锹的人。他们按捺住自己迫切的心情,静观其变,甚至等着幸灾乐祸、落井下石。他们的心情是复杂的,既希望那个人被保安狠狠教训一通,他长的蔬菜被保安残酷地拔掉,又希望那人长的蔬菜能安然无恙,苗壮成长。当他们看到那个人居然开始开垦第二块土地时,终于,谁都按捺不住了,他们像约好似的,纷纷出动,扛把生锈的大锹,来到他们早就瞄好的那一小块荒地,开垦、种植。要不了多久,一小块一小块的荒草地变成了各家各户的试验田,青菜、韭菜、黄瓜、空心菜、香葱、芫荽、大蒜……长得争先恐后。

　　闲来无事,乡下人总爱绕着几棵葱几棵蒜转悠,施点肥,浇浇水,松松土,锄锄草。这些事都干完了,也还喜欢绕着看看,看它们一天天长大,怎么看也看不够,说不出的喜欢。再看看别人家长的什么,看看哪家的长势好,站在菜园子边上和左右邻居拉拉呱,一个下午就过去了。临回家,拔几棵青菜,洗洗,烧碗青菜汤,那个鲜。乡下人喜欢吃自己地里长出的东西,不金贵,但吃着舒心、放心。什么时候浇的粪水,什么时候打的农药,心里清清楚楚。什么时候能吃,什么时候不能吃,毫不含糊。乡下人对菜市场卖的菜不放心:谁知它什么时候打过药水啊,谁知它什么时候才浇过粪水啊,把人吃死呢。乡下人看不起菜市场卖的蔬菜,总觉得不如自己土地里长出的香甜。乡下人对自己地里长出的菜,总是十分自得,就好像是他的孩子一般。乡下人喜欢把自己在一点点空地上长出的瓜果蔬菜拿出来和左邻右舍分享,嘴上还说,这是我自己长的,不值几个钱,但没有农药,绿色蔬菜,吃了放心。常看电视,乡下人也会说绿色蔬菜了。看到邻居千谢万谢地把菜拿回去,乡下人喜滋滋的,比自己吃下肚还开心,还满足。只要邻居喜欢,乡下人还会一次次把自己的绿色蔬菜奉上。

　　小区的保安才不会让乡下人这么自在呢。他们似乎成心与这帮乡下人作对,不让他们安生。隔段时间,他们就会在布告栏里贴出告示,说小区马上就要搞绿化,限他们在几月几日之前把瓜果蔬菜清理干净,逾期将被铲除。乡下人心疼又慌张,迫不得已,把尚未成熟的瓜果蔬菜被连根拔起,太多了,一下子吃不完,送亲戚,送邻居,送不完,腌起来慢慢吃。一手一脚长出来的,舍不得浪费。几天时间,小区里的瓜果蔬菜,有些被乡下人自己,有些被保安,全部清除了,留下一块块光秃秃、黑黝黝的,被揭了老底的土地。菜都被清理了,可绿化迟迟不搞,一块块空地又杂草丛生,满目荒芜。乡下人东张西望一阵,又按捺不住了,又蠢蠢欲动,又有第一个人扛来铁锹。新一轮的开荒耕种又开始了。如此这般,小区保安时时阻梗,乡下人不屈不挠,一块块空地绿了荒,荒了绿。不管怎么说,只要小区的绿化没真正搞好,乡下人是不会让地荒着闲着的。他们总会找准时机,见缝插针,把他们的种植进行到底。

最简单的人

　　乡下人总是淳朴的。他们憨厚地笑,热情地招呼人,真诚地邀请你去做客,大方地招待你,赤诚地对待你。因为乡下人是简单的,没有那么多花花肠子。

　　没有哪一种生活比乡下人的生活更为简单。没有哪一类人比乡下人更简单。乡下人整日与土地打交道,与庄稼打交道,日出而作,日落而息,面朝黄土背朝天。土地和庄稼都是朴实的,它们憨厚沉默,不跟乡下人玩花花肠子,它们实实在在,你翻它耕它,浇它灌它,为它施肥,为它出力洒汗,它就给你回报。春种一粒粟,秋收万颗子。这是土地和庄稼与乡下人立的契约。土地和庄稼早就告诉乡下人,一分耕耘一分收获,不能投机取巧,不能耍滑头。天长日久,乡下人不仅有了如土壤一样黝黑的沟壑纵横的肌肤,也有了土地和庄稼的品格,朴实、厚重、赤诚。

　　一个失去了土地的乡下人,来到城市。城市没有土壤,没有庄稼。因此,城市没有土壤和庄稼的品格。可是这个乡下人还保留着他从土壤和庄稼那里获得的品性。他带着这些品性来到城市,生活。他朴实、厚重、赤诚如初。

　　一个城里人,一大早起来就与各色人等打交道。早起买早饭,与卖早饭的人讨价还价,到菜市场买菜,挑三拣四,与小商小贩讨价还价。在讨价还价中,城里人首先学会了精明。吃过早饭买过菜回头上班。一个月的收入反正就是那么多,干多干少干好干坏都是那么多,于是,城里人学会了投机滑巧,学会了耍小聪明,玩小心眼,学会溜须拍马,学会瞒上欺下……城里人被分成很多等级,有领导,有下级,有工人,有老总,有雇员,有老板,有穷鬼,有富翁,有经理,有小职员……层层级级,上下高低,历历分明,下级见了领导要点头哈腰,领导见了下极颐指气使,雇员见了老总规规矩矩,老总见了雇员虎视眈眈,工人见了老总胆战心惊,老总见了工人目空一切,富翁见了穷鬼不屑一顾,穷鬼见了富翁艳羡不已……城里人早就学会了察言观色,巧言令色,明哲保身,无往不利,无利不往……城市里的人群,犹如动物世界,适者生存是唯一生存法则。

在城市里生活不是种庄稼。在城市里生活最重要的是与各色人等打交道,为不同的人做不同的事。乡下人只会种庄稼一样踏踏实实做事,他们如土地一样卑微,让他们如何与那些势利又精明的城里人打交道呢? 人们常说:老实巴交的乡下人。你能说土地和庄稼老实巴交吗? 其实不是乡下人老实巴交,乡下人只是太简单,城里人太精明,太势利,太复杂。乡下人进入城市,便是土地和庄稼与他们立的契约失效的时候,便是他开始沉默、失语的时候,是一部苦难史开始书写的时候。这部苦难史深重绵长,但世上无人为其书写。

梦

人在城市,对乡下魂牵梦萦。仿佛那里才是我真正的家,而我居住这么多年的城市,只是一处寓所。我不过是城市的一个过客,随时准备撤退,或

早或晚,回归乡下。

我人生最大的愿望是有朝一日能重回乡下,砌一幢带院子的小房子,在院墙上长蔷薇,院子里搭葡萄架,栽一棵香喷喷的苹果树,再种些小时候年年相伴的花草,金黄的菊花、大红的月季、粉红的凤仙花,还要在院门处长一大簇晚晚花。夏天,每到傍晚,艳俗的晚晚花开得红艳艳的,与晚霞相映成趣,喜气洋洋。远远地,沿一条小路,走向这簇通红的晚晚花,花的深处,就是我的家。人在乡下,不自己长瓜种菜对不起土壤。我愿做一个笨拙但地道、勤谨的农妇,不仅仅侍弄些悦人耳目怡情悦性的花花草草,还要在土地上挥洒汗水,种些自给自足的庄稼。小房子矮矮的,紧贴地面。早晨,我打开门,一脚就能跨出去,跨到门外,脚踩在地面上,阳光无遮无拦照在我身上。没有被污染的清新空气吸满了土壤、青草、庄稼的香气,扑鼻而来,沁人心脾。院门处,蜷一条小草狗,它睡在地上,不要我给它洗澡,不要我为它备狗粮,不要我一日两次遛狗,它自由自在,想吃吃,想睡睡,想撒欢时就跑出去找个母狗调调情,看到我出来,它欢快地爬起来,抖落身上的尘土,摇尾巴,头在我身上蹭,喉咙里咕咕叽叽撒娇;还有一只懒洋洋、野性十足的家猫,对人爱理不理,整日独来独往,白天呼呼大睡,晚上神出鬼没,捉老鼠,捕鱼捕鸟,样样精通,无所不能。打开院门,不仅仅是天空,整个世界都在我眼前呈现。完整的没有被高楼四分五裂的天空;一望无际,没有被高楼阻隔的地平线。极目处,可以看到天边低矮的房子和树木的剪影。还有大片大片长着各色各样庄稼的农田。

这就是我的梦。

一个乡下人,在城里生活几十年,真不是件容易的事。城里没有他熟悉的天空,没有他看惯了的地平线,没有他呼吸惯了的空气,没有他天天侍弄的庄稼。城里不是他的家。可城市也不把他当客人,不对他礼遇有加。城市只是冷冷地接纳他,任由他自生自灭。他离开乡下,就是离开了根植于他生命中的东西。这些东西,只在他午夜梦回时把他萦绕。醒来后,他再本能地从梦中搜寻,搜寻梦中的点滴,回忆失去的故土、生命的元素。

一个人在城市里穿行

　　城市越来越大,大到我无法用脚步丈量。不仅我,大多数城里人都无法用脚步丈量他生活的城市。曾经,骑着自行车就能毫不费劲把小城跑个遍,后来需要摩托车、电动车,现在,需要汽车。

　　以车代步,越来越成为这个城市的需要和时尚。好多人拥有汽车,还有好多人蠢蠢欲动,准备买车,更多人暗暗较劲,为买车努力拼搏。不管是有车的,还是没车的,几乎每一个成年人都考了驾照。

　　公交车已经四通八达。几分钟一班的公交车依然人满为患。道路,车满为患。上下班高峰期,上下学期间,交通要道口交通警察严阵以待指挥疏通,堵车的长龙越来越长。

　　我的思想没能与时俱进。我的骨子里根深蒂固保留了农民的观念。我热爱庄稼和农田,珍惜庄稼和农田。看到越来越多的土地变成越来越宽阔的道路和越来越高大的楼房,我说不出的焦虑和心疼。十几年前的大片农田,都变成了柏油马路和摩天大厦。曾经绿油油的一大片,每年长出丰硕的果实,能养活多少人啊,现在只是变成道路,变成房子,长不出一棵庄稼。以前我们长庄稼,现在我们想着买石油,开汽车。这个世界还有好多人缺衣少食,可是越来越多的农田变成了道路和高楼。是不是在高屋建瓴者的眼里,越来越多的人不食人间烟火?

　　路越来越宽,却越来越堵;楼越来越多,越来越高,房价却越来越高;越来越多的人要买房,越来越多的人买不起房;越来越多的人背起了债务,做了房奴。越来越多的人还是拥向城市。难道城市永远是乡下人的向往? 城市越来越大,越来越拥堵,乡村越来越小,越来越稀疏。城市有广阔的胸怀,收留各色人等:男男女女,老老少少,乞丐,农民,大学生……无论你通过什么方式谋生,只要不被饿死,你就是一个城里人。城市不需要种植粮食,城市依靠另一种生存法则,换取填饱肚皮的面包,换取遮风避雨的瓦片。城市又极冷酷无情,它没有土壤,不是土地,不会因为你撒了种,流了汗,就给你长出果实,填饱肚皮;它会把一个活生生的人饿成皮包骨头,饿死,或者,以其他莫名其妙的方式死去,它还会造就一个个纸醉金迷的富豪。在城市的每一个地方,都暗藏杀机,在城里的每一个人,都可能手执利剑或被手执利刃的人杀死。机遇只为特殊人准备。

我依然喜欢步行,就像在田间地头行走,看庄稼的长势。我一个人在城市里穿行,把城市当成一棵庄稼,看它如何生长。城里的道路四通八达,呈"井"字形,纵横交错,不断延伸。我常常幼稚地设想,三五条南北方向平行的道路能不能减掉一条? 那样会省出一条路的农田。一条路的农田能长出多少粮食啊。道路一条条增加,扩展。在决策者看着他们的辉煌成果举杯相庆时,除了我在心里默默叹息外,还有谁为农田变成道路惋惜? 一条新修的马路,起先,总少有人行车驶,渐渐地,人多起来,车也多了起来。没有一条城里的路无端废弃荒芜。乡下则不然,一条小径,因长时间无人行走,落在路上的草籽一颗颗苏醒,发芽,小心翼翼探出头,继而大胆招摇,引来好多花花草草,直到把整条路占满。在城里,只要有路,总会有人走。一条宽阔地伸向远方的大路上,无数的汽车奔来奔往。车过处,尘土飞扬。没有一辆汽车与我有关,没有一辆汽车里的人与我有关。只有卷起的尘埃与我有关,它们扑向我,无数细小的尘埃粘在我的头发上,皮肤上,衣服上,鞋子上,有些呛进我的鼻孔,吸入我的肺,钻进我的眼睛、嘴巴,耳朵眼。路上的人越来越少,人都在车里。没有人喜欢步行,步行不是城市的节奏。人们喜欢风驰电掣的速度,喜欢轻而易举抵达,喜欢虚荣,喜欢尊贵,喜欢汽车,喜欢遮天蔽日冬暖夏凉遮风挡雨的汽车。城市，把自然拒之门外。我从城的南部，辗转到城的北部。当我再到城的南部时，南部已经成为城市的中心，之前，那里是大片的农田。城南在更南边。城市就这样变迁、扩张。城市大手一挥，一大块土地就成了它的蓝图，城市大脚一踏，农田、庄稼荡然无存。多少人离开了他们祖祖辈辈赖以生存的土地啊。他们或者无所事事，或者闯荡江湖，流离失所。我走了三年的路，又一次翻修了。历时半年的大工程，影响了多少人的出行，可由于条件限制，除了把原来较宽的绿化带变得极窄，砍伐了路两边高大的梧桐外，毫无办法。为了加宽这条交通要道，主管部门可谓绞尽脑汁，但黔驴技穷。这条道路，越来越像烈日下的沙漠，没有一片绿洲。老城就是这样，一日日在无声无息中破败、老去，满目疮痍，没有发展空间，没有发展前途，只能在垂死挣扎中死去。家后面那片果园和坟场，一声不响被铲平了。白布黑字"我要吃饭，还我果园"的横幅渐渐淡出人们的视线。后来的居住者不知道那里曾是果园，曾是坟场，不知道他们是入侵者，不知道谁曾被驱逐，谁曾因此流离失所。城市没有记忆，没有历史。城市的过去一次次被改造，记忆一次次被抹平。一波又一波的新人拥入城市，他们看到的只是眼前这个日新月异的城市。城市喜欢一切新的东西。没有人追究它的过去，也无法追究它的过去。城市只是一味地发展，永无过失。城市是一辆勇往直前的列车，谁也挡不住它前行的步伐。为了加快城市进程，所有人，无论是活人，还是死人，都参与了贡献。城市吞噬了每一个人的土地，然后把人安置在空中楼阁。曾经的土地，只能以尘埃的形式，在风暴的作用下，蒙上他们的家居。

我的脚步跟不上城市的步伐。我不知道它的步伐还要跨向哪里，还要跨多久，跨多远。难道它也是一个饕餮的巨人，永远都得不到餍足？

 门

　　小时候在乡下,早上起床把门打开,晚上睡觉把门关上,一整天,家都对外开放。谁家新买了台电视,谁家买了台风扇,谁家木匠正在做活,谁家捉了头猪,谁家的猪新生了十二只崽,谁家吃肉了,谁家吃鱼了,谁家长年节约,荤腥不占……每一个人都对一个庄上的人家了如指掌。邻居时时串门。路过的邻居会招呼一声,或者停下来说几句话,不忙时还会到家里来坐坐,闲扯几句。中午吃饭时,一个庄上的邻居会端着饭碗从南头走到北头,一顿饭下来,能把家家桌上的菜吃个遍。

　　现在,我家的门只在进门出门时开几秒钟。开着的时间仅是我进出的时间。随手,门就会"啪"的一声关上。当我在家时,门是关着的,当我出门时,我还要把锁保险。我在家时,外人不知道我在家,我不在家时,外人也不知道我家里无人。门始终关着,没有人知道它里面的情况。一扇门,把我与世隔绝。我从来没到过对门家里,和对门一家只有几屈指可数的几次照面,只偶尔在我开门碰巧对门也开门的极短暂的时间里,看到对方家的餐桌、餐椅,对方也从我短暂开启的半扇门中看到我家的餐桌、餐椅,以及悬在餐桌后面墙上的一幅木框画。除了知道邻居夫妻大概的年龄外,我对他们一家的了解仅限于此。在这极短暂又紧张的一窥里,我的各种感觉争先恐后触探进那一扇门,好奇心却远未能得到满足。

　　小时候我生活在乡下,一早起来赶紧把门打开。门开了,心踏实敞亮,

否则，总觉得与世隔绝着，家里黑洞洞，心里也黑洞洞，不知如何是好。门一开，天光就进来了，整个世界都呈现在我眼前：阳光、绿、空气、庄稼、鸡鸭鹅、猪狗猫、炊烟、人声……所有的一切扑面而来，世界活了。现在，我住在一个城市的某一个小区里，无论进门出门，我都把门关上。早上起来，我不需要开门，晚上睡觉，我不需要关门。我一进门就把门关上，一出门就把门关上。否则没有安全感。只要把门开着，我都没有安全感。我害怕小偷光顾，害怕隐私暴露，害怕陌生人的眼睛。进入城市，我就开始害怕陌生人的眼睛。城里不比乡下。乡下，前后左右，都是邻居，都是熟人，都知根知底，我知道他是张三，他是李四，他是王二。在乡下，没有陌生人。没有人能引起我紧张的情绪，没有人需要我防备。偶尔有一个陌生人经过，会引起全村人的注意。这势单力薄的陌生人还能做什么呢，他只能在全村人的注视下做循规蹈矩的事罢了。那一个陌生人，逃不过全村人的眼睛。城里全是陌生人，从四面八方来的陌生人，操着略有差别、大致相同的口音，从各个县城、乡镇汇集而来的陌生人。每一个人都在不同的地方从事不同的事务，我对他们知之甚少。那么多陌生人在我四周活动，我身边充斥着陌生人，我不知道他从哪里来，要往哪里去，不知道他是做什么的，不知道他想干什么。我对谁都不了解，不知道他们任何一个人的心思，我害怕他们中的哪一个心怀鬼胎，打什么见不得人的主意。我防备他们中的每一个。只要我在家里，我就把门关上，挡住那些有可能用意不明或心怀鬼胎的陌生目光。只有把那些不知底细的陌生目光挡住了，我才会觉得安全。也挡住那些如我一般的好奇目光。我的家是我一个人的隐私，我防微杜渐地遮掩着，不允许任何人窥视。

　　我一个人在家里，把门关上，背后没有陌生的眼睛。我做只有我一个人知道的事，我上网、游戏、看书、写字、晒太阳、哭或者笑，惬意，自然。只要把门关着，我就可以无所顾忌，任意枉为，我就是自我的，是自由的。只有在这扇门内，我才是自我的，自由的，轻松的，没有面具的。一旦离开这扇门，走到门外，我立刻把自己武装起来，像一只猫或狗，时时竖起耳朵，警觉，机敏，戴上防备的面具。

开始写作

　　乡下很少出作家。不是乡下人没文化。很多作家并没有多高的文化。有些作家小学文化,有些初中文化,有些高中文化。从学校里学来的知识并不是成为作家的必然要求。

　　单纯的生活,难以成就作家。

　　一个人,一直在乡下,难以成为作家。一个人,一直在城市,也难以成为作家。但是很多作家是从乡下来到城市,或者从城市来到乡下,再返回城市,进而成为作家的。为什么? 是不是因为他们比单纯的乡下人和城里人多了一份更为深刻的体验? 前者体验了乡下,又体验了城市,因为远离故土而对乡下有了更为深刻的理解和怀念,因为始终不能真正融入城市,时时作为一个旁观者,而对城市有更为深刻、清醒的认识? 后者已成为历史。他们是特殊时代的一个特殊群体,他们体验了城市,失去了城市,流落乡间,再失而复得城市。在失去、流落、返回之间,历尽人世沧桑。

　　多年的乡下生活,会让一个乡下人生根,如一棵庄稼,一棵树,把根扎入泥土,把脸迎向太阳,从土壤里吸取营养,从太阳处吸收温暖阳光。像一棵庄稼,一棵树,被汁液充满,生长,茁壮,成熟。一个乡下人,即使他老了,朽了,他心里也满满当当、充充实实,装满了他庄稼,满仓的稻谷。一个乡下人,到了城里,根就被拔起了,成为浮萍,随波逐流。面对灯红酒绿、日新月异、纸醉金迷、物欲横流的城市,眼花缭乱。眼睛装满了,心却空了。不知这五花八门的世界与他何干,他只是默默地在这世界的外围观望、行走。某一个金碧辉煌的大酒店,也许他一辈子都不曾走进,一个霓虹闪烁的ＫＴＶ,他从不知里面的疯狂,一个暧昧不明的茶座咖啡厅,他也只是远远地闻闻缥缈的若有若无的香气……因为从未进入,连想象的触角都无法进入。一个城市,太多的存在与他无关。他不属于这里,也不属于那里。哪里都不属于他。他在这个城市谋生,某个工厂,某个工地,某个机构。他东奔西走,如浮萍。城市没有土地,没有他扎根的地方。所有的土地都被覆盖,被那些与他无关的大酒店、ＫＴＶ、政府机构、茶座、咖啡厅覆盖,被坚硬的柏油马路覆盖。城市的阳光也不丰沛,被林立的高楼遮挡。城市有更多的阴影,更多阴暗角落。他疲惫的身影在城市的街头游走,内心空空荡荡,无人诉说。在偌大的城市,也许,他仅仅拥有一个小小的家。只有那个小小的家里,有一盏灯光透过窗口,等他回家。

一个独自在城市穿行的乡下人,他的内心就有了很多秘密,他有很多话要诉说:关于他失去的故土、淙淙的河流、朴实的乡邻、鸡鸭猪犬、他为之付出汗水并养活他的庄稼……还有眼前这个让他可望而不可即,给予他失落、孤独和诸多感慨的城市。可是他无处可说,无人可说。说话是人的本能。人从生下来,就哇哇哭,咿呀乱语,跟这个世界交流。人需要倾诉和表达。当无处倾诉和表达时,人的嘴巴闭了起来,心里的那张嘴却更多地诉说开了,一刻不停地说,对自己说。你听到你的心说话了吗? 一个人越是沉默不语,他内心的话语越多,越复杂,越深刻,越入木三分。他在心里翻江倒海地说,唾沫四溅地说,想停都停不下来。他有很多话要说,他要说的话太多了,多到他的心都装不下,他需要一支笔,一张纸,一台电脑,他需要把这些写下来。没有听众,却好像是对全世界倾吐他郁积多年的话语。

当一个人开始与自己的心灵对话,这时,写作的欲望就产生了。让心灵的对话变成文字,是写作最原始的出发点。于是,这个进入城市的沉默的乡下人不再沉默,他开始写作,对着一张纸倾诉,把他要说的话传达给整个世界。失去了的故土、流水、亲人,农田、庄稼,鸡鸭猪狗……在他的笔下一一重现,再生。他一下子找到他失去的弥足珍贵的东西。并且,他的笔,把他带进城市里那些他从未触及过的角落,他冷眼旁观这个他从未触及过的世界。他窥得了这个世界所有的秘密。他把这些秘密书写下来,公之于众。

城乡有别的狗

　　城里的狗都是当宠物养的。宠,就是宝贝的意思。城里的狗都很贵,少则几百,多则几千,还有上万的呢,买回来当宝贝一样服侍。主人首先像给孩子起名一样,给他的宝贝狗起一个响亮动听的名字。有些还起了个洋名字,还有些名字很霸气,比如,有人叫他的狗小泉纯一郎,有人叫他的狗奥巴马,还有人叫他的狗齐达瑞。既喊着顺口,又寓含深意,想想心里就乐,很有点儿阿Q的精神。中国人在这方面向来不缺乏幽默。城里的狗金贵,在饮食上自然不能怠慢。一条城里的狗,它的吃穿用度,比一个乡下的人还要好。它们有专门的狗粮,贵得很。乡下人看了会咋舌。它们还有专门的宠物医院。看一次感冒发烧什么的,比乡下人看病还贵呢。乡下人小病舍不得看,拖拖,能好便好,实在好不了,咬咬牙,摸摸口袋里的钱,迫不得已,去小诊所开点药吃。一个乡下人,赶不上一条城里的狗。

　　城里的狗活泼,可爱,眼神也尊贵。不像乡下的狗。乡下的狗,低三下四,看到主人一脸胆怯猥琐相,眼睛偷偷瞄主人,生怕主人心情不好,一脚踹上去,可怜巴巴的。这倒不能怪一条狗。它这叫吃一堑,长一智。一条乡下的狗,一条分文不值随便捉来的狗,一条要吃食的狗,主人捉它只是为了看家护院。来了陌生人，不知道汪汪叫，要被主人揍骂。来了亲戚朋友，狗还汪汪叫唤，也要被主人揍骂。一条狗，哪里分辨得清谁是熟人谁是生人。主人可不管这些，只要它汪得不对，总是要被揍骂的，甚至掀翻狗饭碗。一个忙忙碌碌的乡下人，有时忙得自己都顾不上吃饭，哪里还顾得上一条狗啊，想起来了给一顿，忙忘了就少一顿。一条乡下的狗，饥一顿饱一顿的，全凭主人。一条乡下狗，早就认清了自己的命运，早就学会了忍饥挨饿、低三下四、忍气吞声、忍辱负重。

和乡下的狗相比，城里的狗简直就是生活在天上。一条城里的狗为一个城里的人存在，为了给他解闷存在。一条城里的狗，不需要看家护院。它只需逗它主人开心，陪主人打发无聊时间，让无聊的时间变得稍微有聊一点。所以，城里的狗都是可爱又调皮的。和人一样，因为它的地位尊贵，所以它的眼神也尊贵。有时，你甚至分不清城里的狗和那个养它的人谁是谁的主人、谁更尊贵。更多的时候，是主人为了那条狗而存在。每天两次的遛狗，每周一两次为狗洗澡梳毛，为狗准备一日三餐……城里的狗无偿享受着这些服务，像一个孩子，享受父母的关怀。一条城里的狗，就是一个永远长不大的孩子，永远享受着他主人的无偿照顾、关怀。主人乐此不疲。我散步时，常常看到一个妇人忽然说起话来，喊宝贝啊，听话，过来，不要吃脏东西，等等。我左右张望，看不到一个人，纳闷妇人和谁说话。再仔细一看，才知道那妇人是和一条狗说人话呢。狗自顾自地玩耍，听到妇人的声音，也抬起来头来朝妇人看看，也不知懂没懂，又自行其是。

乡下的狗才贱呢。没有一个乡下人会为他的狗花一分钱。乡下的狗不要买。乡下人想养狗了，四下打听一下，看哪家母狗生崽了，捉一条回来便是。养母狗的那户人家也不会收钱。又不是什么值钱的东西，看家护院也不需要一窝狗，放家里还得给它食吃呢，赶紧让人抱走才好呢。要是小狗满月了还没人要，狗主人那才叫急。一条狗得吃多少粮食啊。小狗抱来了，随便给起个名字，如果这条狗毛色是黑的，就叫它黑子，如果这条狗毛色是花的，就叫它花花。狗的名字也像狗本身一样，贱贱的。乡下人养狗谨慎，害怕狗发疯咬人。咬了人得给人家注射狂犬病疫苗,那得多少钱啊。乡下的狗都用根铁链子拴着。被铁链子拴了的狗,一辈子只能绕着铁链子转,方圆几平方米,就成了它一辈子的活动范围。乡下人忙都忙死了,才没兴致遛狗呢。哪天狗发情了,也挣不脱这铁链,无法找一个伴侣撒撒欢,调调情。偶尔有一条狗跑来,在它身边逗留一会儿,在它身上嗅嗅,它也得空在它的私处嗅嗅,就是莫大的幸福了。一会儿工夫,那条无拘无束的狗,留下那条空余惆怅的狗,嗷嗷直叫。

一个到了城里的乡下人,没法养一条城里的狗。还烦死呢,要溜它,还要给它洗澡,还要给它吃狗粮。这么不划算的事乡下人不干。乡下人没有闲工夫做这事。乡下人宁愿开个菜园子种点蔬菜,也不愿为一只畜生干这干那。可是乡下人却越来越怀念他那条乡下的狗。以前天天拴在家里也没觉得它好,抱怨它吃得太多拉得太多,抱怨它咬错人得罪人。现在一下子觉得它全是优点。比一条烦人的城里人的狗好多了。一条乡下的狗多好啊:不要给它洗澡,不要给它穿漂亮衣服,不要花钱为它买狗粮,不要每天遛它,病了也不用给它看,由着它自身自灭。事实上,一条乡下的狗根本不会生病,它壮实着呢,从小一直活到老死,也不会生一次病。哪像城里的狗那么娇气。想着这条乡下的狗,乡下人更怀念乡下了。只有在乡下,才能养一条乡下的狗。

痴

　　父亲一直在外面工作,妈妈一人家里家外操持,甚是辛苦。等姐姐稍大些,姐姐和妈妈就像姐妹一样,除了上学,两人形影不离。妈妈挑水,姐姐舍不得妈妈辛苦,抢着挑;妈妈割麦子,姐姐跟在妈妈屁股后面一镰一镰地割。为了帮妈妈分担,姐姐很小的时候,就成了妈妈的左膀右臂。骨子里,姐姐秉承了妈妈的一切。在我心目中,姐姐从来具有妈妈的威望。

　　姐姐从小能干,上初中时,就能骑个自行车,把家里的鸡、鸭、鹅、鸡蛋,拿到十几里外的街上去卖。有一回放暑假,姐姐又去卖鸡蛋,妈妈让我也跟着,还说卖得的钱给我们俩买衣服。这诱惑力简直是巨大的。我毫不犹豫跟姐姐去了。一大早,天才蒙蒙亮,只大我三岁的姐姐就一手拎蛋,一手扶车把,车屁股后还带上我,一直把我带到十里开外的大街上。菜市场人可多了,来来往往,东里西里的,看得我眼花缭乱。常有人在姐姐的蛋篮子跟前停下来,问鸡蛋多少钱一只。姐姐说一毛一。人家问能不能一毛。刚开始,姐姐坚决不肯。随着太阳飞升,越来越接近头顶,时间推移,再有人还价一毛时,姐姐也肯卖了。但是,若有人问八分一只卖不卖,姐姐是坚决不肯的,最便宜九分,这是姐姐的底线,姐姐绝不突破她的底线。卖蛋的人多,买蛋的人少,每个人都精打细算,有人买十只,有人买八只,看得我着急,恨不得不拘多少钱,一下子全卖出去才好。到上午九、十点的时候,太阳越来越毒辣,市场上的人渐渐稀少,篮子里还剩一半没卖出去。我又热又累,嗓子眼冒火,终于耐不住性子，看到有人来问价，就迫不及待地说，便宜点卖给你吧，五分钱一个。姐姐大吵，你疯了，不卖不卖，急着把人家哄走。那时候，我早把买衣服的事忘到九霄云外，一心想把蛋卖掉早些回家。看姐姐那么坚决，我就怯怯地说，那八分钱一只卖了吧。姐姐说八分也不卖。我说，那今天卖不完啦。姐姐说，卖不完就带回家，下回再卖。看来姐姐也没把买衣服的事当回事。姐姐一心一念只想着卖个好价钱。在姐姐的权威面前，我无计可施，只觉得姐姐实在是太麻烦了，不就是一篮子鸡蛋嘛，不就是少几分钱一只的事嘛，何苦浪费这么多时间。

回家后，姐姐把我急着要贱价卖鸡蛋的事告诉妈妈。于是，这事成了人尽皆知的笑谈。直到现在，妈妈还偶尔提起此事。每每提及，妈妈还总笑我"痴"。那天，鸡蛋真的没全卖出去，还有小半篮子被姐姐带回家了。鸡蛋都没卖出去，衣服当然没买成啦。所以，那天我是空欢喜一场。后来，我又被妈妈差遣着跟姐姐去卖过几次东西。我依然如故，急着要把东西卖掉，而不愿为了多几分、几块钱站在太阳底下白白浪费时间。姐姐就骂我，你急着回家能多挣几块钱啊。我说不能啊，但是要多那几块钱干吗呢？姐姐就觉得我不可理喻。再后来，妈妈再不让我跟姐姐一块去卖东西了。姐姐出去卖东西，我在家洗衣做饭，一大堆事，我一一揽过来。洗衣时，我在洗衣盆旁边放一本书，慢吞吞地洗，心思全在书上。一页看完，用湿漉漉的手翻到下一页，一盆衣服洗好，书上水迹斑斑。做饭时，一边烧火，一边看书，火时大时小，妈妈炒菜要大火，就会急得骂我，我急着添两把草，又忙着看书，忘了要大火，过会儿妈妈又在灶上吵。

后来，我们姐俩相继结婚，各自过起自己的生活。姐姐秉承了妈妈的优良传统，秉承了中国劳动妇女的传统美德，勤俭，节约。姐姐一如当年，洗衣做饭，事事亲力亲为。为了省水省电，无论春夏秋冬，衣服都用手洗，洗衣机只是个摆设。我呢，始终是他们眼中不会过日子的人。对金钱，麻木不仁。能用机器代劳的事，绝不动手。我到姐姐家，就笑话姐姐，痴啊，有洗衣机不用。姐姐说，不费水费电啊？我说，那你手洗不费力不费时间啊？姐姐说，力气用完还会来,时间省下来又不会生出钱来。姐姐到我家看看,看我把儿子的运动鞋放滚筒里滚,把地上的两块小脚垫也放滚筒里滚。姐姐绕着洗衣机看,惊叹不已:一双运动鞋要洗一小时零八分,两块小脚垫要洗四十八分钟,这得费多少水,多少电啊,你懒死了,不能用手洗啊。我说,手洗得浪费多少时间啊。姐姐说,省出的时间能生出钱啊?姐姐这么说的时候,我又想起小时候和她一块去卖鸡蛋的情景,何其相似。我呢,看着时间在我做家务时流逝,觉得是莫大的损失。对我来说,没有什么比时间更宝贵。尽管,我也没用那些时间创造什么价值,多挣一毛钱,但我宁愿省下时间来看天上的云,看书,发呆,闲逛,神游。我觉得这是有意义的,这是在为自己而活。

去年年底的一个晚上,我到姐姐家串门。客厅电视开着,姐夫坐在沙发上看电视,姐姐正趴在浴缸上洗羽绒服。看我来了,赶紧把手擦干,出来和我说话。姐姐的一双手冻得又红又肿,脸也因为一直趴着,红彤彤的,刚站起来,腰有点躬,站不直,一只手不停地捶腰。我又气又心疼又觉得好笑,骂她:你痴啊,洗衣机不用扔了算了,以后再别买了,浪费。姐姐呵呵地笑,说不洗也闲着没事,洗衣机多费水费电啊。其实,姐姐不缺钱,她只是习惯了这种生活和思维方式,她遇事时首先想到的就是金钱。今年大年初六早上,姐姐起床的时候,也不知怎么的把腰扭了,站也不能坐也不能,疼痛难忍。姐夫先带她到社区门诊开了点药,又送给盲人按摩。到下午的时候,越发严重了。赶紧去医院,做 CT。CT 片子立刻出来了,看诊断报告,很严重的腰椎间盘突出。医生说要动手术。姐姐害怕动手术,选择保守治疗,卧床休息。

我写这篇文字的时候是二月初六,距姐姐发病之日正好一个月。到现在为止,姐姐仍每天卧床休息,每天起床时间不超过一小时。姐姐说,等腰好了以后,再不趴着洗衣服了,再不趴地上擦地板了。

 手

前几天去银行办点事。业务员是一个二十出头的姑娘，双手苍白、窄小、十指纤细。这手很容易让人联想到细细小小的鸡爪。现在，城里的女孩大多拥有这样一双手。就连城里的男孩，手也变得细小了，十个指头整整齐齐，没有一个指关节突出的。他们养尊处优，没什么事要干，双手除了捧书写字，就是拿筷子吃饭，端杯子喝茶，捉鼠标敲键盘玩游戏。一代代城里人的手在进化中变得越来越小，越来越无力。记得以前看过一篇文章，说生活在城市里的男人，胡子会逐年退化，变得越来越柔软、稀疏。长此以往，城里的男人将和女人一样，拥有一个光滑的下巴。用进废退是亘古不变的法则。那么手呢？听说过这么一个事：一对生了孩子的小夫妻，不会照顾孩子，每回带孩子回娘家时，都得把婆婆带着一块回娘家，否则就无法招架。这听了让人哭笑不得。摆脱了体力劳动的城里人，在一代代的进化中，他们的手将要退化到哪里去呢？

我从小在乡下生活，天天洗衣、做饭、割猪草，喂鸡喂猪喂狗喂鸭，稍长大些，还帮妈妈做一些地里的活，割麦啊，锄草啊，插秧啊，尽管做得慢些，却也无所不做，因此，长得一双关节略显突出的手。姐姐比我能干，做的事比我多，指关节比我更为突出。妈妈最辛苦，妈妈的手最粗，最硬，最宽，最大，最有力，指关节突出如嶙峋怪石。妈妈的手，就像一个老树根。树根紧紧地抓住大地，把自己越来越深地扎进去，吸收大地深处的营养和水分。妈妈的

手有力地握住农具,也在大地上啄食,获取我们一家人所需的营养和水分。爸爸一直在镇上工作,尽管没到五谷不分的地步,但日日早出晚归,四体绝对不勤。在我印象中,爸爸无论是脸上,还是手上的皮肤,都娇嫩白皙。和妈妈形成鲜明对比。那时候,我常暗自埋怨,怪妈妈没有爸爸一样好看的手和脸,觉得妈妈没有爸爸体面,觉得妈妈和爸爸在一块不般配。

我刚进城那会儿,接触到城里的女孩,才发觉我跟城里女孩的区别:我的手比她们略宽,手骨比她们的略硬,手指没她们的细长好看。这一度让我有点自卑。手不愿往人跟前伸,不愿给人看。我还偷偷揉捏按摩我的手指,特别是关节部位,企图把它们弄得柔软、细长些,把突出的关节捏得驯服些,不再那么棱角分明。但成效不大,后来渐渐放弃、遗忘了。

这么多年,关于手的秘密一直埋在我心里,对自己的手自卑,羡慕城里人有一双柔若无骨的小手。就好像幼年时进城,偶然看到一双比雪还白的小腿。那双雪白的小腿和柔软细嫩的手,都成为我多年挥之不去的梦。在很多年的时间里,我把它们当作我无法企及的美。

妈妈随弟弟一块搬到城里生活已有十多年了。进了城的妈妈再不用风吹日晒,再不用做粗重的农活。妈妈的皮肤越来越白皙,但是,随着年龄的增长,妈妈长了越来越多的老人斑。深浅不一的褐色斑点大小不一、密密麻麻,分布在妈妈雪白的小腿上,胳膊上,还有脸上。我的孩子不知在哪里看到关于老人斑的介绍,说一个人在年轻时晒多了太阳,老年时就会长出斑点。听着有点道理。尽管妈妈现在不用在阳光下劳作了,尽管妈妈的皮肤现在也白了,可是斑点却一天天多起来。这些斑点似乎是从岁月深处走出来的,它见证并记载了过去。妈妈手上的皮肤也比过去白嫩多了,但妈妈的手依然那么宽大,手指依然那么粗,指关节依然那么肥大。身材娇小的妈妈拥有一双与她身材不相称的手。我想,妈妈的手,也不是天生就那么大的,如果也能养尊处优,妈妈也会拥有一双娇小美丽柔若无骨的手。可是,妈妈的手在几十年经久不息的劳作中,一天天变得粗大起来。妈妈的手,也像她身上的老年斑一样,从岁月深处走来,见证并记载了过去艰辛的岁月。再看妈妈的手时,看到的就不再是一双手,而是岁月,是妈妈在岁月深处永不停息的辛勤劳作。再看妈妈的手时,就有些不忍心看,每看一眼,都感到辛酸,心疼,都能看到隐藏在一双手后面的历史,妈妈一个人的历史——无数劳动者的历史。那曾经让我艳羡不已的娇小、纤细、柔若无骨的美丽的手,忽然间变得轻盈,如羽毛一般,失去了分量。

这个对美与丑的颠覆,是什么时候开始的,我说不清楚,是怎么颠覆的,我也说不清楚。有些变化,就是在不知不觉中发生的。当你发现变化时,变化早已发生了。就好像城里人的手,它们的退化一直持续着,只是,你发现了吗?

 也许,每个人心里都有一个属于他自己的村庄

那天,我和儿子一起,坐在奔驰的汽车里,看到车窗外大液晶广告屏扑面而至,屏幕上显示的是某某网站的广告,在地址栏输入一串字母,然后一个巨大的鼠标移动点击,一个网站打开了。液晶屏转眼落在身后,我忽然感叹:世界的距离真的缩短了,想我小时候……儿子故作沉思状,半晌,说:可惜我还没有太多的小时候可以回忆和对比。

我跟儿子说,小时候,我生活在一个小村子,更具体点,是生活在一个小村子的一个小生产队。我居住的那个队被两条东西方向平行的河流分成三份,左边和右边各有一条南北方向的宽阔河流。这个生产队被这两条南北

向的河流包围着，又被那两条东西方向的小河流分隔。我家就在东西方向的两条河之间，房子的后面长年流淌着那条东西方向的河流，房子东边，距家大约两百米的地方，就是那条宽阔的南北方向的大河，叫通榆河。冬天的时候，所有的河流都会冻结，形成一整块厚厚的大冰，将河流两岸的土地连接起来。放学的路上，我们常常踩着冰，从河的这一边走到河的另一边。印象尤其深刻的是，妈妈会在某个冬天的黎明，天刚蒙蒙亮的时候，挑着一担稻子，横跨通榆河，到另一边去，把稻子变成白花花的大米再挑回来。现在想来，妈妈一定是认为黎明时的冰最结实，最安全。妈妈这一劳苦形象常年在我心里定格，让我常常怀想过去的日子——在那漫长的岁月里，妈妈经历了多少生理和心理上的煎熬、辛劳，还有病痛。

那时候，我的世界就在那大大小小的四条河流之间。除了上学，除了偶尔去外婆家，我的整个世界就在这四条河流之间。我认识的人只是那几张熟悉的面孔。还记得很小的时候，周末和小伙伴们一起挎起篮子挖猪菜，我们会从家里，一直走到生产队的尽头，那是一个多么漫长遥远的过程和距离啊，脚下是宽广的土地，头顶是壮丽的蓝天。我几乎要迷路了，我会分不清方向，会找不到家在哪里。我总是跟在小伙伴后面，跟着他们亦步亦趋，是他们让我踏实，使我不至于迷失。儿子听我说到这里失笑。他笑我说，原来你是天生的路痴啊。我不禁莞尔。

整个生产队里，有两户人家养牛，负责耕种队里的土地。其中一户人家有个最小的女儿，在我看来，却是最大最好的姐姐。我喜欢她，是因为她放牛的时候会带着我吗？我也记不清了，也许喜欢是不需要理由的。牛在前面吃草，我们跟在后面，时光过得不像时光，不像现在的时光，它没有时针分针和秒针，没有嘀嗒嘀嗒的声音催促，那时候仿佛没有时间，只有广阔的可以看到遥远地平线的天空和大地，只有脚下的土地，只有升起和落下的太阳，甚至，没有想法，没有思想，只是懵懂和快乐。过去的时光都是懵懂的，混沌的，却是广阔的，阳光灿烂夺目的。看牛虻绕着牛庞大的棕色躯体飞舞，看甩来甩去的牛尾巴，看咀嚼不停的牛嘴巴。大姐姐敢稳稳妥妥地坐在牛背上,我却不敢。我惧怕那温和但庞大的动物,我和它没有亲近感。偶尔,大姐姐会想办法把我弄到牛背上坐一会儿,骤然离开地面,坐在脊骨坚硬的牛背上,忽然会有一种无依无靠的飘摇感。牛沿着通榆河畔一边低头吃草,一边缓慢南移。一直移到南边我陌生的地方,移到日落黄昏,遥远的树木和房屋变成美丽的剪影。我再一次感觉到我们那个小村子的旷大,想到我所处的那个生产队的旷大:我那是走了多么遥远的路程啊,到达了我从未曾企及的地点。

世界有多大,是我从来不敢想象的。那些横在地平线边缘的美丽剪影,是我常常怀想的,那时候,我常常想走过去,一直触到地平线的边沿。可是现在,这也成了遥不可及的奢求。我身边的世界高楼林立,视线一而再再而三地被阻挡,我看到的远方成了支离破碎的坚硬的墙,世界拥挤狭仄。

和儿子说我所处的那个小地方的旷大,儿子不免发笑。儿子也不能想象我的世界与世隔绝。他现在拥有太多的渠道与世界联系,他总能在第一时间知道世界各地正在发生的大事,能在第一时间掌握网络上流行的语言和歌曲,能与全世界人民同时观看某场比赛,能与全世界人民一起欢笑和感叹。他无法想象我所处的那个封闭的年代,无法想象没有网络甚至没有电视时的生活,无法想象买一本书也是一种奢侈。

那时候,我不仅看不到世界,也不去想什么世界,我只生活在我的世界里,却觉得我的世界丰盈静谧而美好。世界上的大事没有任何渠道进入我的生活,我离世界的距离就是世界上最远最远的距离,远到我不知道它的存在,于是,我的世界没有喧嚣,我的内心也没有无穷的欲望,我为我所拥有的满足;我看不到世界的纷乱,于是,我觉得世界就像一个小村庄一样静静地存在,偶尔传来战争不真切的消息,也并不能引起我多少的惊慌。毕竟它们太远了,远得抵达不了真实的距离。

后来,读初中时,父亲把我转到市里的一所中学,我的世界变大了吗?似乎没有,我在学校和我舅舅家这两点一线之间行走,机械地学习老师讲授的知识,和一些同学简单交往,每个周末挤公交回家再挤公交去舅舅家。方圆上的距离略远了一些，心底里的世界仍然很小很小，和我在村子里时一模一样。

但是，从初中起，我就离家越来越远了。村子里认识我的人很少。我在哪里认识的人都少，因为哪里都不是我的故乡。我的世界不完全在那个村子里，我的根也就离开了地面，一直在寻找新的着陆点。后来，爸爸妈妈把老家的房子卖了，搬走了，于是，我被连根拔起，彻底离开了那块生我养我的土地；再后来，那块原本长着各色庄稼的土地，被开发了。我觉得，这是我一个永远的痛。在她尚未开发之前，每年春天，油菜花开时，我总会回她那里看看，每年稻香之时，我也总会回她那里看看，看看金黄的稻子，看看芦苇，还有河流，以及熟悉的青砖青瓦房，还有门前闲散的家狗，慵懒的家猫，猪圈和鸡窝里只知吃喝的家畜，庄稼地里忙碌的人群。每逢这时，总是我内心最幸福和宁静的时刻，仿佛只有这里，才是我真正的家，是我心目中最美的地方，比世界上最好的旅游胜地更让我流连。我一次次往返，驻足，观望，迎着斜阳看站在电线上成排的麻雀。村子里偶尔还会有人认出我，他们还会和我亲切地说上几句，用我最熟悉的方言。

现在，什么都没有了。没有稻香，没有房屋，没有人，没有狗。我还能去哪里呢？难道是某个旅游景点？看到一句话："我心安处，是我故乡。"我感觉自己像是一叶浮萍，心无所安。于是，在全世界游荡，全世界的各样消息，通过所有可能的渠道，无论我愿意不愿意，接受不接受，想不想知道，这些消息都会映入我的视线，都会灌入我的耳膜，我会知道它们，就像知道身边正在发生的一件事一样，我参与了全世界的行为。这就是现在这个世界的距离。相比而言，我更喜欢过去那个与世界有着遥不可及距离的时代。

汽车还在向前疾驰。我对身边的儿子说：这世界变化多快啊，你看，世界变小了，这些现代的交通工具可以迅捷地把我们带到任何地方，世界上任何地方的消息都可以通过各种媒体传达给我们……儿子说：地球本来就是一个小村子，要不说地球村呢。看上去，他倒是比我淡然，他对眼前的世界习以为常，以为这一切由来如此，本来就应该这样，本来就是如此。可是，他心里的村子和我小时候所处的那个村庄,又有着怎样的天壤之别!我不禁要想,再过二三十年,当儿子长大到我现在这个年龄时,他会不会有我今天的这一番感慨,那时候的世界又是怎样的世界,那时他心里的村庄又是怎样的一个村庄呢?

也许,每个人的心里都有一个属于他自己的村庄吧。

所有人都关心粮食和蔬菜

一

在这个春天里,所有的人都开始关心粮食和蔬菜。

二

干旱的问题总是在乡下最先暴露。

乡下人先是隐隐期盼,渐渐变得焦灼不安,担忧、急切、企盼,天天抬头望天。

他们的麦苗在本该绿油油的时候还很瘦弱,他们的油菜在该抽薹的时候卑微匍匐,芦苇尚未返绿,小草仍然枯萎,他们赖以生存的土地干瘪,他们门前的小河正在消瘦,他们担心粮食减产,更害怕忙碌一季颗粒无收。

他们仰头望天,看云,辨识天气,期盼一场春雨。

所有的庄稼也仰起它们干裂的唇,张开,等待雨露甘霖。

三

接着城里人也开始关心。他们过惯了阳光充沛的日子,天天出门都无须考虑雨伞的问题,无忧无虑,惬意自如。

渐渐地,他们看出了端倪,天气日日晴好,无雪无雨。

某个偶然的时间里,他们想到了遥远的乡下,他遥远的亲戚,想起乡下人的庄稼,想到他们的汗水白流,想到粮价上涨……

他们的心和乡下人揪在一起。

四

乡下,永远是城市的亲戚,尽管走动疏远,却骨肉相连、心脉相通。

无论分别多少年,无论相隔有多遥远,城市永远都不会抛下乡下这个亲戚,乡下的境况,始终牵动城市的脉搏。

而城里,永远是乡下人眼中一颗璀璨的星,他们始终向往,卑怯地靠近,又远离。

五

经过长久的酝酿,昨天下午,一阵好心的风奔腾而来,冷气袭击,卷来了不知原本停留在哪里的云。

晚上风止,天空终于布满了积雨的云,厚厚地垂挂在天,照亮路人的心。

但愿风平浪静,不要把这珍贵的雨云刮跑,刮到另一个不需要雨的湿地。

早晨,天气暗沉,太阳迟迟不现,心中反而升起一轮红日,雨季将至。

中午的时候,终于迎来了一场稀疏细雨,端足了架子,吊足了人的胃口,淋淋漓漓,且下且止。

路面湿了又干,干了又湿;草叶湿了又干,干了又湿;一地的庄稼湿了又干,干了又湿。

所有的根,都在焦渴地张望、等待。

六

神说:"要有雨。"于是,就有了雨。

一架飞机升天,将云劫持,大雨铺天盖地。

神看雨是好的,就让它多下,让庄稼喝饱,让小草喝饱,让树喝饱,让花喝饱,让所有的土壤全都喝饱。

现在,乡下人、城里人,都说是这是好的,事就这样成了。

 **PART 4**

愿做杞人常忧天

　　那么多农田被开发了，土地越来越少了，庄稼往哪种呢，人吃什么呢？是不是生活成本会越来越高呢？那些从土地上被赶出来的只会种田的人如何生存呢？……

以爱的名义占据

收藏,这种行为也许是最为愚蠢的。我们将我们喜爱的物质据为己有,耗尽一生的人力和物力。在这个过程里,我们忘了一件事,那就是我们有限的生命。我们由于自私,由于对自己的偏爱,由于对好的事物的占有欲的本能,当我们看到自己喜欢的东西时,总是不由自主地要将其据为己有,小至一朵花,一个小小的宠物,大至对价值不菲的钻石、古董等的收藏。

我会把一朵淡雅清香的栀子从它青翠欲滴的枝头撷取放在手中把玩,嗅它的清香,察它的秀丽,为之陶醉,为之心怡。原本它开在路边,供路人欣赏玩味,也许会激起若干人的诗意文章,可此时,它只是属于我一个人的,我独享它属于我的快乐。我看着它在我的手里从鲜艳变得衰败直至没有任何生命力的枯萎,然后被我丢弃。对于一朵花,由于我的私自占有,它原本依赖母体可以更长一些的生命现在变得短促,它原本可被大众欣赏的广阔的价值变得狭仄。而这只是一朵渺小的花朵。

我们的爱总是显得不够博大。我们总是以爱的名义占据。一种存于天地之间恢宏的博爱总是距离遥远。我们以为占有了我们的所爱,我们将其置于我们的斗室之内,日日夜夜锁于我们不见天日的房子,我们时时踱步其间,时时抚摸把玩,时时为业已拥有的心存满足,又为尚未得手的焦虑不安,恨不能立时将其据为己有,凡此种种,不一而足。我们图着现时的拥有的快乐。

时间可以摧毁任何人在物质上的占有。正所谓的,甚荒唐,到头来,都只为他人做嫁衣裳。因为我们可以占有物质，却占有不了时间。那对物质的占有也只是一时的。时间按它的方式流动，终有一天，会将我们溢然流逝。在我们被时间流逝的那一刻，我们曾经穷尽一生力图占有的所有，它们，仍然在时间的长河里按其自身的轨迹、规律流动，它并不会流逝到时间的序列之外。我们徒劳地对其占有了一段时间，在这段时间内，我们因为它们归属我们所有，而感安宁满足，我们将其关在狭小的房内，使其价值大为缩小，也就是它只在这幢房子里才显其价值，对于这个社会来讲，它并无价值、意义，你用你的爱，囚禁了它一段时日，将它的价值锐减，在这段时日里，它不为人知，不能接受更多目光的青睐，得不到更多的欣赏，从而也缺失了原本会因这欣赏而产生的诸多偶至的灵感，这些灵感也许属于社会，更有可能属于我们人类。

当然，我这样的说法要排除一些情况。很多的收藏本身意义重大，比如藏书阁等。任何一个博大的收藏均来自博大的爱的胸怀，这博大的爱，与以爱的名义占据是有本质上的区别的，它们不可混为一谈，意义上、价值上也不可同日而语。它所占有的和给予的，不是单独的一个小我，它的意义和价值作用于全社会甚至全人类，它不因时间的流逝而流逝，因为它等同于时间，历久弥香。

为凤姐申诉

我要说这个世界没有公平，对待丑人与美人尤其如此——这里所说的美与丑仅指外表而言，因为这个社会，这社会上的人多是只看外表的。

远的不说,且说最近网络走红的兽兽,尽管网络上疯传了她的许多不堪的视频,却因为她有一张甜美的容颜和魔鬼的身材,使她备受珍爱,被百般炒作,身价倍增。再如,几年前经历了艳照门事件的张柏芝、阿娇等人,她们还不是轻易得到原谅仍在娱乐圈里高调出场吗?再看我们的凤姐。这是一个很悲哀的人物。她的悲哀在于她外相上的丑陋。确实丑得不敢恭维,比芙蓉姐姐还要丑。可这丑并没有泯灭她对美的,对自我的追求,她同很多美女一样参加了一系列的活动,讲出了一系列雷人的话语,这些话语如果出自美女之口,那只会使她更为红火,更受吹捧,然而,凤姐之不幸在于其不美,且还丑,于是,她所得到的就是被众多网友大肆讥讽、嘲笑、唾骂、鄙弃了。你能说凤姐的行为、道德意识要低于兽兽吗?事实完全不是这么一回事。可是这是一个只重外表的社会。

众多网友的意思是:长得丑不是你的错,出来吓人就是你的错了。丑的人只能躲在角落里默默悲哀,很多特权都与丑无缘,同样的事发生在丑人身上和发生在美人身上效果、后果都截然不同,正如几千年前西施捧心被视为美的典范,而东施效颦则遗臭万年。其实西施未错,东施哪里又错了呢?爱美之心人皆有之,每个人都有自己的审美观,也都有自己追求美的途径方法。

凤姐的悲哀不只代表了她一个人的悲哀,而是代表了这一群体的,历时几千年的悲哀。这里凸显了人性的一个弱点,也凸显了人性的残酷,更凸突显了这是一个男权的社会,这个男权社会从中国有史以来即是如此。女人,社会对她的要求,首先是容貌上的要求。女为悦己者容。几千年来,能有几个女人能超然于这一句话?在男权的社会里,女人若是有了容貌,便有了男人想给予她的一切。

我知道还有更深层次的原因,比如,自然学,生物学等。人类社会受美驱使,作为人,自然受本能的美驱使,每一个人在本质上都有艺术家的潜质,都有对美的本能的追求,外貌则是首先冲击人的视觉感官的一种武器。但,既然我们是人,我们就应该超出于本能对自我的控制,思考得更多,应该对美有更深的认识。但这些都不是主要的,关键在于,这是一个男权的社会,男人对女人的要求成了社会的普遍标准,否则,为什么不会有人对丑男予以摈弃、抨击呢? 女人们也在不由自主地按男人的观点、标准来要求自己,迎合男人,这无疑又助长了男权社会这一恶劣的习气。很少有人能对丑女予以包容。看到一个漂亮的小女孩,我们的第一声便是:啊,这小姑娘真漂亮! 若是看到一个长得难看的小女孩,则会立刻生出厌弃或是同情,唉,这小丫头怎么长得这么丑! 而对男人呢,人们总会说,对于男人嘛,丑点也无所谓,男人看的不是这个。一个小女孩,自一生下来始,她所受的偏爱即与她的外貌产生了无法分割的、必然的联系,包括她家人的,以及来自社会的。美貌是她受偏爱的必然、不可或缺的条件,并可弥补其他方面的不足,使人容易对她产生爱、理解和宽容、包容。反之一个相貌平平,甚至丑陋的女孩,在她出生时起,受偏见之害,她就被排斥在公平之外,她要默默地承受,并付出比漂亮者更多的努力,才能或者说是仍不能获得相同的成就。

对于同样是人的人来讲,这是不公平的。外貌是先天的,不受自己控制。谁不想自己拥有一张美丽容颜,但往往事与愿违,我们必须面对并不漂亮的自己。很多人因为自己的长相,而放弃了对美的追求,相比之下,我很欣赏凤姐的勇气。也希望这个社会不要以貌取人,对没有漂亮外表的人多一些宽容,多一些关爱;最重要的是,女人首先要自己意识觉醒,不要再以男人的眼光看待自己,要求自己,要超然于自己,超然于外貌,如法国作家杜拉斯那样安然于自己逐渐变丑的外貌。当一个人有了足够坚实的自我,容貌对她来讲只是一具躯壳,她无上的人格魅力,使她具有了比美丽容颜更具璀璨的光华,更长久不衰的更具魅力的真实容颜,这一副容颜,不因时间的流逝而消逝,反而会因为时间的沉淀、积累,而更具魅力,更具价值,更耐人回味。

愿做杞人常忧天

小时候,学过一个成语:杞人忧天。讲一个杞国人,常担心天掉下来,把他砸死。老师讲了,我们就笑,其实,是老师引导我们笑,笑那个杞国人多傻啊,居然担心天会掉下来,天怎么会掉下来呢,即使天真的掉下来,他担心了又有什么用呢,根本就是吃饱了撑的,瞎操心嘛,他还是吃他的饭睡他的觉得了,少操这份闲心。没有一个同学反问一句:天怎么就不会掉下来呢?谁要是问,就成了那个被人笑话的杞人,所以即使谁心中有疑问,也放心里,不敢问,还得跟着笑,表明自己高杞人一等,知道天是不会掉下来的。当时,我也充当了这种人。事实上,那时的我,对天常常是心存疑虑的。我以为天就像一口大锅一样扣在地上,锅口就在天边,与地结合的地方。我常常想走到天与地相扣的地方去,看看天到底有多大,到底有多远。我走啊走,走啊走,总是走不到,天边就在远处某个地方,可我怎么走也走不到,这是为什么呢? 大人似乎没有这个疑问,大人们从来不问关于天的问题,大人只是在讲课本上的东西,或者低头在地里忙碌。我不敢拿我这个幼稚的问题问大人,害怕他们笑话我。我更不敢问他们,我头上的那一片天真的像锅一样破了怎么办。我怕他们笑我杞人忧天。

生活中,笑话杞人忧天的人太多了。比如一个平民百姓,认认真真看电视上的新闻联播,看谁当选了国家领导人,关心一届届的领导人能不能把国家治理得更好,就会被人笑话,笑他啥都不懂,瞎操什么心啊,就算他懂,操这心又有啥用。比如，一个人担心世界格局，担心全球变暖，担心石油会不会用光，担心食品安全问题，担心空气质量，担心毒奶粉等问题，就会被笑话为杞人，这些是你能担心的吗？你担心了有用吗？因为有了杞人忧天这个嘲笑人的成语，很多杞人为了不被人笑话，成了哑巴杞人。担心还是担心着，只是把担心放心里，嘴上一言不发，成为一个沉默的大多数。

一个人，在这世上活一天，就会为这世界操心一天，他的子孙后代在这世上活一天，只要他还活着，他就会为这世界操心一天。谁不想自己及自己的子孙后代能生活在一个能安全无忧的世界啊。

我，一介小民，也常忧天。我常忧的是都是些常人司空见惯或直接无视而我又无能为力的事。比如，那么多农田被开发了，土地越来越少了，庄稼往哪种呢，人吃什么呢？是不是生活成本会越来越高呢？那些从土地上被赶出来的只会种田的人如何生存呢？比如，我上班时会路过一座小桥，小桥的一边是一个小型洗车场，洗车的脏水沿河坡哗啦啦流到水里，桥的另一边，是一个加油加气站，站后河坡上，有一个下水管道，成年淅淅沥沥往河里排放污浊的水。我在这桥上一走就是二十年，见证了河水的演变。我站在桥上，常驻足看桥下河水，浑浊的水面漂浮着一层黯淡的油花，河水散发出阵阵恶臭，直扑鼻翼。这时，我就成了一个杞人。凭栏怅惘，种种无用的担忧如滚滚流水，横无涯际，在头脑中翻滚。再比如，我们上一趟厕所，就得哗啦把一桶水放到下水道，洗一次衣服，更多的水放下下水道，洗一次澡，更多更多的水放下下水道，每天，我们这么多人，得有多少水都被放入下水道成为不可利用的污水了啊？我每次洗脸、刷牙、洗衣服、洗碗、洗澡、去厕所时，总会想到这些问题，总会为这些问题担忧，明知担忧无用，可这些担忧还是不请自来。当初，装潢房子的时候，我特别想设计一个中水箱，把用过的水收集起来重新再利用。咨询装潢公司的人，人家就笑我多此一举，说用点水才花多少钱啊。我说，这不是钱的问题，是环保的问题。果然，装潢公司的人用怪怪的眼神看着我并笑话我啦，说我是杞人忧天。长到这么大的我，已经不怕别人笑我杞人忧天了。不过，杞人终究是杞人，他的问题不会得到理眯,更别提重视了。我的中水箱计划就此夭折。在忧天的过程中,我特别怀念小时候在乡下的生活:我家屋子后面有一条河,我们把毛巾牙膏牙刷直接拿到河边,在河码头上洗脸刷牙,我们在河边洗衣服洗碗,在河里洗澡,用河里的水灌溉,我们的生活离不开河,河也没有因为我们天天在她里面折腾变脏变臭变少,河水净化着我们,也净化着自己,她始终那么清澈,我们站在河边,能看到鱼在水里吐泡,一根根水草在水深处浮荡,纤毫毕现,优美动人。

我也常为自己杞人忧天的念头哑然失笑,笑自己杞人忧天,然后摇摇头,企图摆脱那些担忧的念头,不做那让人发笑的杞人。尽管常常用理智的头脑压制杞人的忧思,可忧思还是不断产生。有一天,我终于认清,我就是那个忧天的杞人。于是,我决定将我的QQ网名改为杞人。由于担心重名太多,我先到QQ上查找了一下。不查不打紧,一查吓一跳,天,好多杞人啊!翻了十几页下去没得完,男男女女,老老少少,下到十多岁,上到八九十。这么多杞人,让我欣慰,也让我看到了希望,原来不独我忧,天下人忧者多也。这么多人,都不再是小时候被老师牵着鼻子走,怕被人嘲笑,不敢有自己的想法,跟着别人一块笑杞人的人,他们都如我一样,觉醒了,有了自我意识,他们不再被别人引导着笑话别人,而是有了自己的忧愁意识,甘愿做被别人笑话的杞人。这些杞人,是一股不可小觑的力量。杞人的数量越多,我们的地球就越有希望。

尽管已经有了那么多人叫杞人,一直特立独行的我,还是毅然决然,将网名改为杞人,加入杞人大军。我希望,这支大军越来越强大,终有一天,杞人会成为超人,办成曾经可望而不可即的事。

惊弓之鸟人

　　百度了一下,惊弓之鸟的意思是:被弓箭吓怕了的鸟不容易安定。也比喻经过惊吓的人碰到一点动静就非常害怕。这个成语是笑话胆小怕事的鸟和人的。说话的学问在于正过来说、反过来说,就看你怎么说,说一只鸟或一个人是惊弓之鸟,亦可说它(他)是吃一堑长一智,当要夸它(他)时,就说后者,当要损它(他)时,就用前者,本质上是一个意思。在那张弓没有真正射到那只鸟,鸟却受到惊吓时,我们嘲笑这只鸟,笑它谨小慎微,胆小怕事,但是,如果那张弓真的射到了那只鸟,鸟由此命丧黄泉呢? 又怎么说那只鸟呢? 鸟怎么知道那张弓只是做做样子呢? 就算你是人,也未必知道啊。

　　世偶有惊弓之鸟,更多有惊弓之鸟人。因为人比鸟聪明,人更会为了自身安全考虑,及时采取防备措施,这也是人生存的本能之一。日本大地震的时候,诸多国人害怕食盐遭受核污染,哄抢食盐,那会儿,国内许多城市的超市,食盐被哄抢一空,商贩乘机哄抬盐价,有些地方,食盐竟然暴涨至十元一袋。于是,有人著文《丑陋的中国人》,批评中国人素质没有一丝长进,说人家日本本土人都不抢,你们抢个什么劲啊。哼,他也不想想,人家日本人地震时都安之若素的,为什么? 人家该不倒的房子都不倒啊。我们呢,我们有大地震小地震若干,该倒的不该倒的都呼啦啦倒啦,何况是食盐,我拿什么相信你啊。听说奶粉含三聚氰胺时,很多家庭谈奶粉色变,纷纷扔了奶粉,改吃豆浆,豆浆机一时奇货可居,黄豆、黑豆纷纷涨价。毒奶粉事件频频发生后,有钱的国人纷纷去香港买奶粉(普通老百姓是没有能力让自己的孩子喝上放心奶的),导致香港奶粉脱销,香港人吃不到奶粉,香港政府遂发布法规:离开香港的十六岁以上人士每人每天不得携带总净重超过一点八公斤的婴儿配方奶粉,违例者一经定罪,最高可被罚款五十万港元及监禁两年。还真就有因此而被抓的,让人看了啼笑皆非。且不知该哭谁笑谁,怎一个辛酸了得。我们这边,还常常发生哄抢纯净水事件,因为,我们这边常常爆出水被污染的事实或谣言。不管是事实,还是谣言,老百姓都严阵以待,急于自救,倾巢而出,纷纷把小店里的、超市里的纯净水往家搬,好像不花钱似的。在生命面前,谁还在乎钱啊。因为真相有时永远都不会公开,即便偶尔公开,也差不多时过境迁了。老百姓生活在真相的后面,惴惴然不得安,遂也如那惊弓之鸟一样,宁可相信那张弓是真的要射向它的,而不敢掉以轻心地以为它只是做了个射的架势,根本不会对它构成威胁。即使别人不把老百姓的生命当回事,老百姓自己还是很当回事的,谁敢拿自己的生命开玩笑呢。

前几年,我们这边还发生了一件大事,此事当时荣登新浪网、凤凰网头条。被人家笑死啦,笑我们这里的人太实在了,区区一谣言,竟引得上万人连夜大逃亡,根本就是子虚乌有嘛。事情是这样的,也不知是谁(其实在网上是可以查到的,但我懒得查,没有必要),说了这么一句话"化工厂发生泄漏,即将爆炸。影响范围有两百公里",也许他就是一句玩笑话,说者无意,听者却有心,此话一传十,十传百,在短短几小时之间,竟传得满城风雨,人心惶惶不敢留,连夜冒雪扶老携幼,弃家逃亡。响水本一穷乡僻壤,一夜成名,弄得世人尽知,世人尽笑其痴。一城惊弓之鸟人也。此事就是名扬四方的"响水万人大逃亡"。

我不是响水人,但是我理解响水人,或者说,我理解所有的惊弓之鸟人。所有的惊弓之鸟都与它的遭遇有关,所有惊弓之鸟人,也都与他的遭遇有关,与他生活的社会、环境有关。试想,一只鸟,如果不是经常被弓箭威胁,如果所有的弓箭都被没收,法律规定任何人不得射鸟,那么,它会成为一只惊弓之鸟吗？同理，一个人，如果生活在真相里面，他的生命、财产、食品等的安全都是有保障的，那么，他还会成为一个惊弓之鸟人吗？

女人，容貌和自我

　　傍晚的时候，姐打电话过来，说她想文眉，正在人家美容店呢，让我给个意见。我一听这话就感觉烦。

　　关于我姐，我听到她说得最多的，可能就是关于肥胖啦，关于皱纹啦，关于衣服啦，关于斑点啦，这一类的话题，比如，这周遇上她，她可能会问你说我这斑有什么法子给消掉呢，上周遇上她，她说的可能是，唉，你看我这胖的，一定得减肥了，上上周遇上她，她说的可能是逛了半天街，都没看到适合我的衣服，不一而足的此类问题。所以今天一接她电话我就烦了，我没给她好脸色，我说，你是闲的还是钱多烧得慌，整天都想着美容，不就一张脸么，有什么好看的，我都有日子不照镜子了，美是什么，美是由内而外的散发，容貌是什么，容貌注定是要走向衰败的，如果你只知道关注你的外貌，那你就注定失败。我姐被我这一通说，呛得哑口无言，搬出救兵，说这回某某某都同意她文眉啦。某某某是我姐夫。我说你还有点自我不？他说好你就好，说不好你就不好？都这么大年纪了，还整天七颠八颠的。这后面这句我没说，我心里说了，这话说出来难听，但我真的想对所有的女人说：少一些容貌真的没有什么关系，关键是要多一些自我，多一些武装自我的内在的东西。我真的不知道，最终，我们能从容貌上得到什么。如果你一味注重你的容貌的话,也许你只会被强烈的无望、失败攫取。

看过这样一段话:"……我只能证明她们最初的怀疑,不由自主地为她们注入生命的一种绝望的视像:不,等待着她们的不是成熟,而仅仅只是衰老;在道路的尽头,不是一种新的绽放,而是一系列的挫折和痛苦,一开始还很细小,然后很快变得无法忍受;它们并不太健康,所有这一切,不太健康。生命开始于五十岁,这不假,同样不假的是,它结束于四十岁。"看,这就是把容貌当成唯一自我的结果,如果没有其他的更坚强一些的自我的话,也只能有这唯一的结果。

我有个从小学一直到高中的断断续续的女同学芳。说断断续续,是因为初中时我转学了两年,高中时因文理科分班,我们又分开了。芳和我同岁,同时入小学。入学没几天,我因为体质太差,上下学经常要高年级的同学背着回家,所以没上几天就不上了,家人让我晚一年再上。再上一年级的时候,芳依然和我同学,她为了我留了一年级。芳和我的成绩都挺好,在班上向来名列前茅,不分伯仲,不过关系并不亲密。我们那一届,刚好是小学五年制改六年制,也就是说我们上一届读完五年级就上初一了,而我们呢,读完五年级还要读六年级,但因为政策刚出台,所以有些变通,可以上六年级,但如果考得上初中的话,也可以直接读初中。我和芳都考了初中,而且都还考得不错。但我爸不让我读初中,他说要把小学的基础知识学扎实了再读初中不迟,于是我读了六年级,芳也和我一样,继续读六年级。初中的时候,爸通过关系,把我转到市里的一所中学就读,也许是由于我一个人乡下丫头突然孤孤单单沦陷在眼花缭乱的城市,两年的时间,我始终对学习懵懵懂懂,没有任何感觉,于是我爸又把我转回乡下那所中学,并让我重读了初中二年级。芳见我重读初二,她也选择了重读。从小学,到初中,再到高中,芳一直跟着我,只除了高二时文理科分班,我选了理科,芳选了文科(读高中时,文科班几乎成了所有女生的避难所),其他时候一直学着我,我怎样,她便怎样,我不知道这是出于什么心理和什么目的。自高二分开后,我们几乎不再有任何交往,只偶尔会听说一些关于她和某某同学恋爱的绯闻。后来只见过她一次,那是一次路上的偶遇,她穿着火红的洋服,金项链,金耳环,金戒指,还有满脸的脂粉,以及烫卷了的长发,总之,武装得非常整齐耀眼。我和她除了尴尬地打打招呼外,已经不知道说什么好,很生疏。之间,又陆续听到一些关于她的事情,比如,她结了婚,男人家境不错,婆婆和男人都对她很好,后来听说她生了孩子,孩子和我儿子差不多大,也是男孩,后来又听说,她有了情人,正闹婚姻呢,再后来听说她真的离婚了,情人是她的上司,大她好多,有家室,自然不会为了她而离婚,这样的消息总是隔三岔五就自然而然地飘进我的耳朵,从来不需要打听什么。前几天,又听到关于她的事,说她买了包子旁若无人地喂她正在打麻将的某当官的老情人吃,周围有好多人,她那不管不顾的样子,完全没有羞耻感,让在场的其他人反而感觉非常别扭。听到这话时,我自然想起她从小学一直到高中时对我的一路跟随却又与我相当疏离,我们从来没有做过真正的交流。我回想从小到大这一段历程,又想她现在的情景,我不知道她现在的婚姻状况,也不知道她的工作状况,我对她一无所知,只除了这些偶尔又不间断地飘入耳中的绯闻。我想,这么一个人,从小,她就没有一些自我,她总是在寻求依附,也许因为我家庭的关系,她在学习上学习我,依附于我;她在感情上也及早就开始依附,小学时就有了她追某某家境较好男生的传说,然后是初中,高中,这方面的传说从来都没有中断过,再后来,有了家庭,有了孩子,她仍然未能定位好自己,仍然在寻求依附,也许,她的依附成了她的习惯,她总是把自己寄托于别人,从而丢失了自己,这一生,一半差不多也过下来了,她仍然未能找到自己,仍然在寻找着依附,岂知,一个人,只有找到了自己才算是站稳了脚立下了根,否则,其他任何时候,他都只是一叶浮萍,一阵风来,一层浪起,他就要经受人生中的大风浪,颠沛流离了。

再举一个例子,还是一个女人,我的女同事艳。刚工作那会儿,艳像一个漂亮的公主,博得所有的青蛙和王子的青睐。艳确实漂亮,衣着、妆容。据她自己说,在她还在读书的时候,她的母亲就拉着她到医院做了双眼皮切割手术。也就是说,在她还很小的时候,她的家人就把她定位在外貌上,所

PART 4

愿做杞人常忧天

以，经过十几二十年的熏陶，在衣着打扮上，艳出类拔萃，而人，往往是以貌取人的。艳嫁给了一个纨绔子弟，婚后没几年，纨绔子弟豪赌巨输，债台高筑。艳离婚了。再后来，艳嫁给了个大她十多岁的离异了的富翁。后来，又离婚了。这之间，前前后后十几年，她患过精神分裂，还有忧郁症，离家出走过，企图自杀过，青春不再，容颜已逝。也许她的教育给予她的，就是以容貌换取金钱，她不知道什么是幸福，总是企图抓住不属于她的东西，经历了一次教训之后，仍然执迷不悟。

电话中，我跟我姐说我都好久没照镜子了。此话不虚。回想一下，我真的好久没有仔细留意过镜子中的我自己。以前，我热衷于护肤，晚上闲暇，我会盯着镜子做面膜，我会密切注意我的眼角是不是悄悄爬出皱纹，后来，渐渐地，在晚间闲暇的时候，我总是在看书和做面膜之间进行选择，再渐渐地，我就无须选择了，我忘记了面膜的事情，直接捧起书，享受一段安逸时光，把自己投入书本之中，我觉得这比做面膜有意义多了。一张脸，实在没有必要在它上面耗费太多的时光，它在年轻的时候自然会光彩照人，然后，随着时光流逝，渐渐老去，你再怎么努力，也阻止不了它。看过杜拉斯的这样一段文字："好像有谁对我说过时间转瞬即逝，在一生最年轻的岁月，最可赞叹的年华，在这样的时候，那时间来去匆匆，有时会突然让你感到震惊。衰老的过程是冷酷无情的。我眼看着衰老在我颜面上步步紧逼，一点点侵蚀，我的面容各有关部位也发生了变化，两眼变得越来越大，目光变得凄切无神，嘴变得更加固定僵化，额上刻满了深深的裂痕。我倒并没有被这一切吓倒，相反，我注意看那衰老如何在我的颜面上肆虐践踏，就好像我很有兴趣读一本书一样。我没有搞错，我知道，我知道衰老有一天也会减缓下来，按它通常的步伐徐徐前进。"是的，衰老有一天会减缓下来，按它通常的步伐徐徐前进，总是这样，谁都是这样，谁都避免不了，只不过在有些时段发展缓慢，有些时段又剧烈突变罢了，到最后，如果有那么个最后一天的话，总是会定格在最最衰败的容颜上，总是这样的结果在等着我们，我们实在没有必要为此惊慌不已，实在没有必要为此做长期不懈的抵抗。人生，涵盖的东西很多，也很广阔,年轻,只是人生的一个点,美貌,也只是一个点,人生有许许多多的点,要我们去充实、探索,而不能被某一个点障目。我们都看到过很多年轻时光彩照人,老年时丑陋颓废的人,相信也一定看到过很多年轻时并没有骄人的容颜,可是随着岁月的增长,却散发出更加荡人心魄的美丽的人。下面这段话,能给予很好的阐释:"八十七岁高龄的老太太了,淡雅如竹,娴静若菊,清癯玉立,超然绝尘。回来后朋友问我,她美吗?我回答,是一种超越了美丽的美。女人的美,姿色只属于年轻,任谁都是昙花一现;而一生的美丽是需要经历的累积和情感的酝酿的,就如陈年佳酿,历久弥香。"

每天,我在家中走来走去,自然会在镜前晃来晃去,每次与镜中的自己擦肩而过的时候,我总会在不经意之间看到一个宁静闲适的自己,面容清爽,没有脂粉的覆盖,衣着简洁,没有夸张的造型,我看到的是一个整体的我,而不单单是一张脸,这个整体的我洋溢出的气息让我看着舒服,心里感觉满意,这样,我觉得已经够了。我不需要年轻的支撑,不需要美貌的支撑,我知道我需要什么,我知道什么对于我来说更为重要,我循着我的方向,我的内心充盈。

应该,不应该

应该,抑或不应该,这是个问题。

每个人都更渴望逃避应该,而趋向于做那些不应该做的事,难道不是吗?

一个孩子,父母给他准备了大堆的玩具,并一声声郑重警告他:不要碰那把剪刀,危险。孩子知道,他应该听父母的话,应该玩玩具;可是面对眼前琳琅满目的玩具,孩子觉得索然无味,而那把被父母藏起的亮晃晃的剪刀的寒光时时闪耀在孩子的心头,那道寒光在他的眼里闪耀成魅惑的幻影,驱使他趁父母不在的时候寻找并一步步靠近它,在这个寻找和靠近的过程中,他越来越兴奋,越来越激动不安,这兴奋和激动不仅来源于对剪刀的好奇,更来源于对父母的本能的逆反、背叛和应该忠于父母的潜意识之间的争斗,也就是应该与不应该之间的斗争。人类原本就是背叛的生灵,所有的忠诚、驯服,都不同程度地来源于后天的灌输、熏陶和压制。这后天的不自由是对自由追逐和向往的无限动力。剪刀越来越靠近,剪刀的光芒也愈加耀眼,面对唾手可得的诱惑孩子的理智、父母的忠告、训诫根本不堪一击,何况是偷偷的行为,存有侥幸的不被发现的心理,孩子的手伸向了寒光逼人的剪刀,乐不可支。也许剪刀并没有想象中的好玩,但是因为突破禁忌而显出无穷魅力,孩子因为达到了自己向往的自由,内心战栗欢跃。但这欢跃是短暂的,有两种可能:一,父母发现了他的违禁而大肆训斥;二,剪刀终究是利器,再怎么好玩终归是会伤手流血的。第一种情况的后果是这个孩子除了因为被父母发现而心怀愧疚外还将再一次趁父母不在时向剪刀靠近,第二种情况的后果是孩子通过自身疼痛的体验,再也不敢靠近。其实最终只有一个结果,那就是第二种结果,因为第一种结果终有一天会最终导致第二种结果的到来,让孩子真正领略到应该做父母划定好的范围以内的事;做不应该的事会导致疼痛、流血并伤害父母的恶果。

应该,是加在每个人头上的一个沉重负担,是义务,是责任,是必须。即使应该做的那些事情被视为畏途,也没有退路,那是生活赋予我们的,必须如此。生活要求我们如此,除非真正特立独行的人能逃避这个应该(在此,我无法肯定或否定特立独行者,他们被排除在应该与不应该之外,在应该与不应该的世界里,他们是真正的获救者),大多数人都生活在应该的统治下,因为应该而挣扎,然后被应该驯服。生活因为应该而变得沉重,但也因此变得坚实,牢不可摧。我们受害于应该,同时也得益于应该。

我们总是存在着一些天真的想法,我们会异想天开,我们会希望发生一些不应该发生的事,不应该做的事,违背道德、违背理念的事。我们也都或多或少地做了些不应该做的事。这些做与想象会在短时间内让我们沉浸于某种不为人知的隐秘的快乐。我们因为这一系列想象和违背常理的行为而漂浮,生活在某个瞬间变得轻松愉悦,不再是应该生活里的那种沉重。这种轻松愉悦,给了我们继续在应该世界里生活的力量和勇气,使我们不至于被那么多沉重的应该压垮,使我们可以更好地生活下去。

米兰·昆德拉的小说《生命中不能承受之轻》中的主人翁托马斯是个特例。他强烈地爱着特丽莎,可是因为不愿选择沉重的生活,而在很长一段时间内在与特丽莎的爱情关系中维持着一个轻松的假象,他把特丽莎安排在旅馆里,继续与他的那些情人幽会,与她们保持轻松的若即若离的关系……他在这个用强力维持的轻松中并没有获到真正的轻松,他被特丽莎沉重的爱情包围,也被自己对特丽莎的爱折磨,这使他愧疚不安,他始终生活在挣扎彷徨中。最终,他再也承受不了那种极度的轻松,放弃了他曾经笃定选择的轻松的生活,投入生活的沉重之中,投入他原本早就应该投身的生活之中。

不应该是我们所渴望的,可若是一直投身于不应该中,我们又会难以承受,个体变成难以忍受的虚无,会像充足了气的气球,会升空、爆炸;我们还是会渴望沉重的应该,只有在沉重的应该里,我们才能脚踏实地地感受到生活的真实,感受到生活、生命赋予我们的神圣职责。

大与小

　　世间万物也就是大与小的区别。有了大小的区分,于是有了强弱。我常常看到楼下人家饲养的小狗,矮墩,肥胖,憨实可爱,活像一只被放大了的毛毛虫匍匐在地上摇头摆尾。我想,若是把它无限缩小,缩得跟虫一样大小,那它与虫又有什么区别呢? 同样,一只可以被我们随手捻死的毛毛虫,若是被无限放大,就会成为令人惧怕的威慑力极大的庞然大物。一棵参天大树可以缩小成一株小草,一株柔弱的小草如果无限放大,就成了参天大树。至于我们人呢? 我常常把自己想象成很小很小的样子,小到也许只有一只蚂蚁那么大,在地上直立行走着,那么,这个直立行走也许失去了意义,我也只不过是一只蚂蚁而已,我需要仰望从我身旁经过的人,也许我尽力仰起头来也不能窥尽人的全貌,而那个硕大无朋的人不经意间一抬脚,就会使我葬身他的脚下。

　　所以说世间万物也就是大与小的区别吧。大者即强,小者即弱。所以强与大,弱与小总是联系在一起的,所谓强大,所谓弱小,都是很浅显的道理,我这样兴师动众写下来,也许是缘于我的幼稚。没有人愿意屈从于弱小的地位,被强者凌虐。但世间万物又同样不受个人意志左右。很多后天的努力都是徒然。从弱转强,或由强变弱,都受着可见或不可见的内在或外在因素的制约,这与特定的社会环境,与所处的时代有着莫大的关联,非人力可以企及。所谓的时势造英雄大概就是这个道理,时与势,是两个必定的前提，脱离了这个时，与这个势，就不会凭空生出英雄来，没有这个英雄的落脚之地，英雄也无用武之地，何来的英雄呢？

若是我说一个人一生下来就注定了他的大与小，强与弱，似乎有些唯心，有些迷信，但也许我们不得不承认，对于大多数人来讲，这是必然，因为绝大多数人都是平常人，翻不了天，掀不起浪，只能守着自己的方寸之地过平常的小日子。比如，一个生于穷山沟里的人，首先他的出生地注定了他童年以及青少年时期的眼界，其次，这个出生地又注定了他所能受到的教育，再次，他出生的家庭的贫乏的知识层面和财富的层面又几乎圈定了他的生活脉络，他的一生差不多从他一生下来的那一天起就必然地使他囿于他的出生地了。当然，我不否认会有天才，但那是极少数，对于这些极少数，他们构不成我们的社会，构不成对普通大众生存的影响、改变，我这里不去关心极少数人的发展，我只关心普通的大众。同样，一个人，谁知道这个人是谁呢？谁知道是由谁来掌管这个投胎的问题？如果先天的我们知道这是由谁来掌管的，如果可以掌控这一重大的事件，也就是说如果可以掌控自己的命运，那该会是一个怎样的世界！我这样说似乎是已经承认了一个人从其一出生始，他的命运已经被大致注定了。一个人，他竟然好运地成为某个大人物的孩子，那么，按正常的轨迹行走，那他再怎么平庸，由于他的后天拥有了先天的一切可能和条件，那对别人来讲根本无法企及的东西，在他这里却是唾手可得，他拥有了一切条件，这些条件自然为他的发展铺平道路，扫清障碍，那他的生活自然与生活在穷山沟里的那位同样拥有平庸才智甚至拥有非凡才智的人是不能相比的。正如梭罗在《瓦尔登湖》里发出的拷问："谁使他们变成了土地的奴隶？为什么有人能够享受六十英亩田地的供养，而更多的人却命定了，只能啄食尘土呢？为什么他们刚生下地，就得自掘坟墓？他们不能不过人的生活，不能不推动一切，一个劲儿地做工，尽可能地把光景过得好些。"

不能不、只能……这就是他们的命运。

我认识一位青年，一位在我看来很是上进的青年。他的家乡非常贫瘠，他的家庭更为贫瘠,他在十几岁大小的时候就跟村子里的人到一个大城市去做建筑工地的民工了。十几岁的孩子,在城市里,这么大的孩子还在求学,还在父母的怀抱里呵护着,可他的生存环境却是建筑工地,自然是没有可能求过多少学了,这也注定了他只能在建筑工地干苦力求得生存,并给贫困多病的父母寄上一片片孝心。命运真的是不公平的。这个青年出生于贫困的乡下,偏偏老天爷还不给他一副好的身体,以他柔弱书生的骨架,断然承受不了工地的辛劳,果然,没过一年,这个青年大病一场,因为无钱治病又差点死去,幸得他的同乡借了他些钱,给他买了张火车票,把他送回家去。一俟康复,青年自然还是要出去的。因为现如今的乡下,几乎所有的青年都出外打工挣钱,鲜有留家守业的,无业可守,守在家里更不可能成家,没有一个女子会看上一个守着家不出去挣钱的男人;再者说,青年的父母也不愿青年留在家里,挣不到钱不说,还要被村里人奚落笑话。但是这个青年知道他再也不能去建筑工地了,那么他干什么呢? 他在饭店洗过碗,也流落街头当过乞丐,还做过坏事犯过罪被城管抓过被警察拘留过。唉,人哪,生活在这世上,真如一叶随波漂流的小舟,漂着漂着,就迷失了方向,就偏离了轨道,终有一天,他会发现自己拐入了他从未曾想过的巷道,这条巷道很有可能是个死胡同,是绝境,也许终其一生也再走不出这个绝境。正常人真是如此,因为习惯的力量是强大的,随波逐流的改变在悄无声息地改造一个人,当他发现自己被改造成功时已为时过晚,习惯的力量已经将其刻画得有板有眼,习惯将其囿于其中;刻意地违背习惯的把持则困难重重,人像一叶舟,随波逐流总是容易的,若要逆水行舟,则要耗尽体力和心力。所幸,我所认识的这位青年,他有着常人所不具备的坚忍的力量,他在很短的、短得让我觉得不可思议的时间内完成了这个转变,走上了正轨,重新走上干苦力挣钱的道路。我不知道他能在这条路上走多久。可悲的是,他的家人并不理解他,因为不了解他,家人爱他,却更希望他能挣回钱去以资助家。他只能继续在外闯荡,他能怎么办呢? 现如今,他在离家很远的煤矿工作,在他看来,辛苦可以承受,最重要的是有一份他能认可的、满意的薪水,事实上,这份薪水也只有一千五百块钱左右。他还能怎样呢？这就是他一生下来就注定了的啄食尘土的命运。我可以把他说成是一棵草，事实上，如果他出生在不一样的家庭，以他的坚忍，他完全可以成为一棵参天大树；我也可以把他看成是一个被无限缩小的像蚂蚁一般大小的人，也许随时可能被巨大的人的脚掌踩踏致死。这就是命运，能拿它怎么办呢？我不知道他的努力是属于忍耐还是对命运的抗争的范畴，事实上这无关紧要，这是他必然的生存方式，可以将他的辛劳说成是对命运的妥协，也可以说成是对命运的不服、抗争，只是表达方式的不同，本质上没有区别。值得庆幸的是，这位青年尽管没有读过多少书，尽管连初中都没读完，尽管生活艰辛，却始终没有丢弃心中对于文学的向往。我很希望他能成功，尽管他需要付出的也许是常人数倍的努力，但我由衷地希望他能改变自己的命运。往文学这条狭道上进军，也许是他少有的改变命运的一条捷径，我想他能改变他的命运。

谈人性

——写给儿子的一封信

孩子，我一直以为我们可以用语言交流，不需要这么严肃认真地付诸文字。事实上，我们交流得也很不错，有时会有不同看法，用你的话说，求同存异，但是，起码，我们从来不存在障碍。你是一个讲道理的孩子，妈妈一般情况下也还明事理——偶尔会急躁，控制不住自己，歇斯底里口不择言伤及无辜,在这里,妈妈向你道歉,以后一定尽最大的努力克制自己,不再让自己成为冲动的魔鬼。现在,我郑重其事地用文字的方式与你交谈,一是因为文字更舒缓,她不会急躁,不会失去理性,不会让我和你的交流因情绪失控而无法进行,还因为文字更长久,她不会像谈话那样稍纵即逝,她会一直存在着,只要你愿意,即使在遥远的将来,你也可以看到妈妈曾经怎样跟你说过最贴心的话,就像我们现在可以隔了很多的时空距离去看《傅雷家书》一样。当然,妈妈不和傅雷比,但是妈妈的爱子之心,丝毫不比傅雷逊色,这一点,我想,你应该感受得到。

妈妈知道,你是一个有思想求上进的好孩子。但是还是有些偏激。偏,偏——见,偏——狭,偏——僻,偏——执。偏是因为不全、不正,是因为缺乏。但是,像你这么大的孩子,偏是正常的,毕竟,你还小,怎么可能一下子就看清世界的全貌,而居于一个恰当的位置来观照这个世界呢? 这需要时间,需要阅历,当然,也需要对自己的反观。反观自己,以反观世界,反观人心。不全不正,自然偏颇,自然就容易激:激动,激烈,激愤。处于青春期的男孩,更易如此。但是孩子,你要知道,地球是圆的,这个世界是完整的,无所不包的,你不能因为生活在地球的东半球而否认西半球的存在,你不能只相信有北极而不信有南极,你不能只看到这世界的黑暗面,而看不见光明,不能只看到丑,而看不到美,只看到恶,而看不到善。无论什么,都是两面的,你看到了正面,就应想到反面,这才是正确看待事物的方法。

前天中午,妈妈情绪失控,歇斯底里地伤害了你。妈妈知道这伤了你的心。伤了你心的同时,妈妈的心也很疼,很受伤。后来,我们的情绪都平稳了一些之后,妈妈握着你的手和你说话。你跟妈妈说,你有一些想法,一些难以表达的想法。我让你静一下,试着表达。你沉思了一会儿说,你认为这世界是卑劣的,人性是丑陋的,妈妈对你的爱只是出自本能,你说若干年来人类无进步,罪恶的仍然罪恶着,这个物种是罪恶的,你说存在无意义,你说应该像希特勒那样履行毁灭。

我知道,这些话只是在我情绪失控对你造成深深伤害时,你一时的偏激想法。平时,你确实是一个温和的好孩子,好学生。我尤其记得初中时教你两年数学的张卫明老师对你的客观评价。张老师说你个人素养极好。在我看来,这话比夸你成绩好让我欣慰百倍。但你的这些话还是让我惊骇。我想,即使只是你一时气极之语,我也不能任其过去,而不对此加以重视。也许,我是小题大做,你因为气愤,而夸大了你的想法和措辞,再说,谁的心里没有点类似偏激的想法啊,我也从你那个年龄过来,有想法是正常的,说明你在思考并积极认识这个世界,这是你进入这个世界的起始,那么多好的、坏的东西涌入你的眼睛、心灵,当然会给你造成思想上的冲突。在你产生这些冲突的时候,我,作为妈妈,作为最爱你的亲人中的一员,有必要,有义务,有责任,在你走到人生的一个十字路口时,郑重地给你一些指引,即使你的心里只有一点点极微小的暗影,我也要竭力去除它们,让光明照亮你心的每一个角落。

首先,我对自己做了深刻反省。从你出生直至今日,我一直陪伴你,我陪伴你最多,我影响你自然也最多,你的这些细小想法,一定与我有着莫大的关联。我意识到这问题的根源出在我身上:我买回的那些书,我跟你讲的那些书,引导你看的那些书,以及我平时流露出的一些想法,都在潜移默化之中,对你产生了一定的、消极的影响,致使你对这世界的认识产生偏差。黑暗的总是更能冲击幼小的心灵,以至于你在伤心至极之时,忘了我平时带给你的阳光、美好和轻松的一面。

既然问题首先出在我身上,出在我对你的影响上,出在那些文学类书籍上。那么,我先说说这个根源,有关文学。文学,在我看来,她存在的意义有两方面,一方面,宣扬美,歌颂美,让人感受人世间最美好的一面,以引领人的心灵趋向于美好和光明;另一方面,则反之,揭露这个世界的黑暗、丑陋、罪恶,以让人警惕,让人反躬自省,让人时时提醒自己,远离黑暗,远离丑陋,远离罪恶,以不断修正自己,修正历史,以更稳健的步伐走向未来。往往,一部好的文学作品总是同时宣扬光明、美、善,揭露黑暗、丑行、罪恶。因为这世界本来就像白天和黑夜一样,有光明,也有黑暗。我们所要做的,正是遏制黑暗、罪恶和丑陋,首先让自己趋向于光明、善和美,如果可能,再带动别人,将光明、美和善波及更广大的范围。你说人性是丑陋的是恶的。如果真如你所说,那么就不会有那么多伟大的,刻画人类美好、伟大灵魂的文学作品出现;你说人性是丑陋的是恶的,我跟你讲过,就在我们盐城,就我所知,还有一位靠捡垃圾谋生的老人,在汶川大地震时,倾其所有捐出他捡垃圾的存款十万元支援灾区;你说人性是丑陋的是恶的,可我还记得,有一天小区里一个小孩找不到家,是你带着他找到家的;你说人性是丑陋的是恶的,可是就在今天,你的同学还骑车把你带回了家……这些细微小事,在我们身边发生的,在遥远处发生的,我们知道的,和不知道的,看见的,和看不见的,每天、每时、每刻,都在发生着。这世界缺少的不是善和美,缺少的只是一双看到她们的眼睛,缺少的是一颗审视感受她们的心灵。你说是吗? 只要你有一颗美好的心,那你记住的将是这些美。当然,你也一定会看到丑,看到恶,但丑和恶不会在你心里生根,你的心仍是你固有的,是善的和美的,光明的,积极的,向上的,是有希望的,有信念的,让人渴望融入的。并且,你的美好是能感染你身边的人的,是能将别人引入美好的境地的。美好的心灵总是能让人感受到幸福。我特别地记得,有一次,你跟你的某位好友聊天时脸上带有的那种笑容,那笑,是你心里装不下了的幸福的满溢,她们洋溢在你的脸上,那是一种多么美好又幸福的感情啊,你怎么能因为其他一些让人灰心的事而否认这世界真正存在着的美好呢? 你说是吗?

你说妈妈对你的爱源于本能。我不否认母爱首先出自本能。姐姐家养的一对仓鼠,生了几窝小仓鼠,每一窝小仓鼠都被它们的爸爸妈妈吃得一只不剩。那对仓鼠也是父母,可它们没有像我们人类一样给予它们子女那么多爱,反而是把它们的骨肉吃得一只不剩。你看不到它们有伤痛的表情,它们也并不是在饿得无法忍受的情况下才吃掉它们的这些子女的,它们只是麻木地吃,也许它们根本无思想。这样的事会发生在人类身上吗? 会发生在我和你的身上吗? 不会! 为什么不会? 只能说人是一种高级的动物。正因为这种高级,致使我们的本能都比仓鼠高级——高级得那样美好,那样无可挑剔,那样无私无我,高级到一个妈妈会全心全意为了她的孩子,为了她的孩子能够更好,能够有更好的身体和更好的将来,而无怨无悔付出一切。说到底,更广义一点地说,这个本能关乎人类的发展,这个本能是美好的,是向善的,是对人类发展有重大意义的。我觉得正因为这是出于本能的爱才更值得称颂,这种爱早已由我们的先辈一代代烙进我们的骨子里,我们不用理智,不用要求自己强迫自己,便能达到这完美的境界,一切发乎自然。还有什么比这纯粹的爱更美? 这自然而然的爱难道不比强迫自己去爱而爱更伟大和美好吗? 这自然的爱不正如大自然,我们人类的母亲一样美好无瑕吗? 还有什么样的爱比这自然的爱更纯洁更美好更伟大呢? 你为什么反而要排斥这种美好的发乎本能的爱呢? 你看过其他哪个物种有人类这样伟大的情怀吗? 如果有,那么你可以鄙视地称之为低级的本能。否则,你真该再好好想想、深思,这伟大的情感。我们生而为人,是要提升自己的爱,而不是厌恶这爱,不是因为她是本能而厌恶它,而是恰恰相反,要让更多的爱融为我们的本能,让我们的后代一代一代被我们越来越多来自本真、本能、自我、自然的爱福泽。我觉得,人类的进化,正是因为人类有伟大、丰富的情感,这些情感一天天融入我们的本能之中,才成就了越来越细腻、丰盈的人。

再说你所说的人类无进步之说。你说本质上独裁的依然独裁,黑暗依然黑暗,统治的依然在统治,被统治的依然被统治。关于政治,妈妈向来不够关心,于是讲起来就显得吃力。但是,那天在你提到这一点时,我已经跟你说过了,关于民主公平和正义的存在,以及这方面的实例,相信你还记得,在这里我就不多说了。只是要提醒你,当我们这边乌云密布大雨倾盆的时候,你一定要相信,还有更多的地方正艳阳高照,你还要相信的是,乌云密布大雨倾盆总是暂时的,阳光总在风雨后。你说要像希特勒一样履行毁灭,以优化人种。我想问你:是谁告诉你只有优者有生存的权利,劣者就必然要被毁灭? 阳光不仅照耀我们人类,也同时照耀着在地上爬行的那些蝼蚁。你想想你常常提起的同学燕吉吧:她现在残疾了,不能继续读书了,你说她是优还是劣? 你说她是应该遭毁灭还是应该给予更多的爱? 什么是优? 你对她了解得不比我少，什么是劣？难道真的可以从表象上就能指明？既然上帝给了一切以生命，那生命的存在就自有其道理。希特勒的行为真的优化了什么吗？他发动的战争在多少人心里造成了无法治愈的永恒的伤害。再说说你说的无意义。我都写得没力气了。仿佛我一直都在竭力用心的力量把你往我这儿拉，克服你的心理上的抵抗的力量，让你离我越来越近。你问我活着有什么意义。你想想，那些晚上发现我家窗口光明的小飞虫。这些趋光的小飞虫拼了命要往纱窗里钻。极少一些确实钻进来了，第二天白天时，我们总能在窗台看到一些小飞虫的尸体。它们也许朝生夕死，可是它们为了这一线光明倾尽其所有的力量，为了这窗内的光明，它们眼中的虚幻的光明，挤进纱窗，也许即刻便死了——因为它们总是死在窗台上，而不是死在灯下的。你说它们的意义何在？人类存在的意义也许也正如这些趋光的小飞虫，人类也是趋光的动物，自有人类以来，为了抵抗黑暗，人类一直在寻找光明，于是有了火，有了灯，有了这外在的光亮，人类更多的是在孜孜不倦地寻找，寻找心灵的灯塔，寻找心中的圣火，驱除内心的黑暗。每一个美好的事物、美好的感受，都能在我们心里产生一线亮光，当我们拨开心中的迷雾，我们就重见了一线光明；当我们拨开人类进程上的一团迷雾，也就是给人类进程的道路上点起一盏明灯。我们总是在拨开一团团我们心中的迷雾，我们人类也总是在拨开人类进程中的一团团迷雾。我们点起的心中的灯火和人类进程道路上的灯火也总是越来越多。这些算不算意义呢？春天时，我们看万物生发，百花开放，我们的心灵感受到这美好，我们觉得我们的心也像是被春日的阳光照亮，我们觉得明媚疏朗。夏天时我们看繁茂，秋天时我们看丰硕也看衰败，冬天时我们看雪花，也看萧瑟，清晨时我们看朝阳，落日时我们看晚霞，深夜时，如果有可能，我们还能感受露珠的清凉……所有这一切，我们的心灵都在感受着，有一缕一缕的光在我们心里穿透，她们带给我们光明，带给我们美好的感觉，这些感受能不能算是意义？我们的身边有亲人，我们伤心时亲人陪我们一起伤心落泪，开心时亲人陪我们一起欢笑，有困难时亲人在我们身边给予帮助……我们有亲人，同时，我们也是亲人的亲人,我们也能给他们帮助,陪他们渡过难关,为他们的忧而忧,愁而愁,这些能不能算是我们存在的意义?何况还有社会,比如,你有同学,有老师,有朋友。我常常想到你最好的朋友孙宁,你说他的存在对你来说有意义吗?你的存在对他来说有意义吗?每回看到你们那么纯洁美好又长久的友情,我就感到幸福,不仅为你感到幸福,也为这美好的友谊感到幸福,你有发现每回你和他在一块时,我都流露出发自内心的最真挚的欢喜吗?存在才会去感受,存在才能去追寻——这些美,这些光明。我们一代代地传承,不正是在一代代地接力,去感受和追寻?如果不存在,那你告诉我感受什么?追寻什么?如果不存在,还有什么是有意义的?如果不存在,还有你的这些有关存在和意义的思考吗?人类就是在这思考中进步,你能说你的存在无意义吗?无形之中,在你不知不觉中,你已促进了人类的进步,你还能说你的存在无意义吗?还能说人类无意义吗?

这个世界是一分为二的,有美、丑,光明、黑暗,爱、恨……关键是,这些东西在你心里的比例,如果爱多于恨,光明大于黑暗,美甚于丑,那你的世界就是有信念,有希望和有爱的,你就是光明的,美的,和满怀了爱的。关键是你争取哪一面,摒弃哪一面,你说是吗?爸爸妈妈是打过你骂过你,不是妈妈现在偏袒自己,你在爸爸妈妈身边生活了近十五年,十五年有多少个日日夜夜,可是爸爸妈妈发怒打骂你的次数也应该是屈指可数的啊。就像一张白纸,只有几个黑点,其他的地方都洁白无瑕,你不能只看到那几个黑点,而忽略其他所有的洁白,你说是吗?我现在知道这些剧烈的冲突给你造成了深深的伤害,以至于到现在你还能清晰地记得一件件一桩桩,我以前是没有意识到,但是,我想要跟你说,我的孩子,这十五个三百六十五的日日夜夜里,更多的不是伤害啊,更多的应该是爸爸妈妈给你的发自内心深处的经久不息源源不断的浓浓的爱。当你想到我们曾打骂过你时,你也回忆一下其他的日日夜夜,好吗?回忆一下无论酷暑寒冬里,爸爸接送你上学放学的身影,回忆一下妈妈每天晚上递到你手中的热牛奶,回忆一下妈妈每天为了让你多吃一些,而依着你的爱好,做出的饭菜,好吗?

混沌

　　大概，需要向上生长很久很久，才能不把自己看作自己，而是
作为旁观者从一旁客观地进行观察，似乎一个人成熟了，于是也就
脱离了自己。

——普里什文

　　初读这句话时我颇感诧异：难道说，我也可以算作一个成熟的人？难道
说，我也可以说是向上生长了很久很久？这两点我不敢承认，更不敢擅自标
榜，我知道我还很无知很蒙昧。但是，很长时间以来，我确实发现自己的分
裂，无论在做什么时，总会凭空生出另一个我观察着我自己的言行，审度自
己，看自己是否虚荣、虚伪，看自己的言行、思想是否合度。那一个观察着的
自己，似乎在铁面无私地判断着我，"她"因为脱离生活而显得纯洁、真实、
正直、高大，而被观察着的那个我，因为处于生活之中，会遇到各种纷杂的
事，很多时候，必须依照人情世故来处理，于是，这一个生活中的我，就会显
出渺小、卑微、隐瞒自我、自私的恶。因为生活中的我时时在那个观察、监督
的"我"的监视下做事，因而心灵常常是不安的、愧疚的、克制的、自省的，
因而，也时时能处于更正之中。我相信，这是一个人在通往"好"的路途之
中。但是，这必定是累的，内心常常是纠结的。

　　我常想，一个人若是没有那个观察着自己的"我"，那他是单纯的、纯粹的,自由的,相对轻松的,同时也是混沌的,对自己没有判断的。他仅是作为一个简单的生命体存在着,如同一个不辨是非的、纯真的孩子。一个孩子,你给他一块糖,他就会笑,会喊你爸爸或妈妈,若你不给他,他就会哭,会张牙舞爪地表示愤怒,他不会管给糖他吃会蛀了他的牙齿,没给他糖反而保护了他的牙齿。他是真实的,但也是无知的。有人说,人长大了,就学会了虚伪。其实,那个虚伪,也是他的真实。《神异经》上说:昆仑西有兽,其状如犬,有目而不见,有两耳而不闻,人有德行,而往抵触之;有凶德,而往凭依之,名混沌。我不知道是否真的存在"混沌"这种兽,反倒觉得一个人若是缺乏判断,倒是很有些类似于这种兽。

　　天性有好、坏之分。没有监督的任何人、机构、团体等,都会因失之于察而生发这样或那样的事,就好像一个国家机构、政党,如果缺乏监督,那么腐败、渎职之类的事将会如汤汤洪水滔天,浩浩怀山襄陵。一个人的内心,只有自己能够了解,因此,也只有自己才能够观察、监督,并及时予以修正。

　　《论语》里说:"吾日三省吾身:为人谋而不忠乎? 与朋友交而不信乎? 传不习乎? "我倒是觉得这"三省"似乎做得还不够,"省"是时时、事事,而不是定时、定事,比如,仅仅只关乎"忠"、"信"、"习",这些都是对外,对内呢,对家人呢,以及自己呢。还有,这个"省"字,如果天天靠着提醒自己,问自己"吾日三省乎",这也还只是一个被动的行为,总有疏漏的时候,只有当一个人的自省行为完全发乎于自然,时时会感到另一个"我"在身边观察、监督着"我"自己,那么,这个人才算得上是真正远离了邪恶、低级,摆脱了混沌,走向了自我。

PART 4

愿做杞人常忧天

解读孤独

孤独,太多的人叫嚣着太多的孤独,这叫嚣之声足以把孤独推翻打倒。

可以叫嚣的孤独不是孤独,真正的孤独是不会叫嚣的,是无声的,是不会令人恐惧、厌倦、逃离的,那是精神上极大的安慰与享受,是充盈且饱满的。

真正的孤独是寒冷的火焰,是憔悴的健康,是永远觉醒着的灵魂,是坚毅的存在,是没有缝隙的光环,是没有怀抱的拥抱着的温暖;在充盈之上,在灵魂之巅。是的,我理解上的孤独正是这样一种东西。

因为我们还没学会独处,所以会叫嚣孤独的痛苦;其实那不能称之为孤独,只能定义为寂寞。

当我加上一个个好友,当我登录 QQ,当我又一次游荡进聊天室,当我在一个个场合留下我聒噪的话语,我知道我又一次违背了孤独的本旨。

当你还不能完全静下心来时,你就不能体会真正的孤独。那么,停止你孤独的呻吟吧,走入人群,打发你的寂寞,释放你的激情,用你的声音充斥你的鼓膜。因为耳朵里的声音越大,心的声音就越小。心的声音与孤独的多寡是呈正比的。

当你可以完全静下心来,孤独已经离你很近了。那么,请不要止步,继续向前走,进入一扇门,那是一扇为智慧者开启的门。这门隐藏在幽深的谷底,这门的四周密布着荆棘,也许还有猛兽潜伏于此。

有太多的人刚刚接近了这门口,就已经吓得缩回了头,因为相对于他们生活着的那个星球上的万道霞光的大道坦途,这显然太过令人战战兢兢、心惊胆寒。

只有很少的人走进过这一扇门,但其中的绝大多数是浅尝辄止了。因为并没有太多人能够解读孤独的秘密;因为很少有人能够耐得了这扇门内的凄凉寂寞。尘世的荣耀繁华已根深蒂固地把他们占领,他们常常因为怀念、流连又返回了他们的故里。

只有极少的人真正步入其中,这时孤独成了一本书,打开了,一页页翻阅,起初也许会晦涩会难懂,会困难重重,会随时打起退堂鼓,但一旦领略到她的美丽,你就会发现原来这里是一大片的桃林,会发现柳暗花明又一村,会发现你的思想在闪耀着发出诱人的光泽,而首先被诱惑的正是你自己。

因为灵魂是静静的,这静需要同样安静的孤独来解读。因为好的书是安静的,是孤独的,这寂静孤独的书只有安静的孤独才能领悟;因为只有在孤独的时候,你才会思考些什么,在你思考些什么的时候,你会思考一下自己,或是一些更高的关乎人类的问题。因为有一些思想只与孤独为伍,与孤独对话。这一切都离不开孤独的陪伴。当你与孤独结伴而行时,这一切就离你不远了。

孤独是最好的指引者,也是最好的阐述者;孤独者从不愚昧,从不弱小;只有内心足够强大者才能真正拥有孤独。

真正孤独者是感觉不到孤独的,只是别人把他解读为孤独;而他自己却嗅到了孤独的馥郁芬芳。他沉浸在自己的精神世界里,那里丰饶而精美绝伦。

心真正安静下来,就没有什么是办不到的事情。如果要寻找孤独,那我们就必须逃离人群,寻找自己的不受干扰的避难所。

作用力与反作用力，
有用功与无用功

那天上楼,感觉好累啊,腿那么酸,气喘不过来,浑身无力,肌肉酸痛。

我说,上楼是不是相当于自己把自己举高啊?

我被人笑,说爬个楼怎么会有这样荒诞的想法呢。

你说爬楼算不算是自己把自己举高呢?

一个人,他可以借助外部事物自己把自己举起来,比如爬楼时借助楼梯,只是会很费力,会很累。

我们每一个人,都是可以自己把自己举得越来越高的,只是举得越高,我们费的力就会越大,越累,我们就会越懈怠,越懒惰,我们会在中途休息或是离场,会给自己编排出各种理由,休息吧,算了吧,离开吧,下去吧,待着吧,再也不要举高了吧,我宁愿就这样了……这,有些类似于地球的引力,始终在作用着,作用于每一个人,方向始终向下,把我们拖向大地。

谁能摆脱地球的引力呢? 所以,我们大多数人都没能把自己举得更高,我们停留在某一个高度上自得其乐,看某一高度上的风景,也心满意足了。我们永远地停在了某一个高度、位置。我们成了平凡的人。

平凡人之外就是不平凡的人。他们克服了举高过程中的累,产生了更大的力,克服了地球的引力,进一步向上,就像是一只鸟生出一对翅膀,于是,他们终于能够高骞远翔。

对于我们每个人来讲,我们的思维触及不到的东西,那就都是一个不存在。只有我们的思维能够触及的东西,才是真实存在的。我们只是生活在自己狭小的无限之中。我们不能超越自己,除非我们登高一些,再高一些,那样,我们才能看到过去的狭隘,因为看到了更加宽广。所以,产生了各种各样的人,有人对这个世界充满了爱,有人则是憎恶,有人怜悯,有人冷酷,有人自以为是,有人心怀天下,有人执拗,有人随和,有人偏狭,有人宽容……这些,都跟他抵达的高度有关。

大自然给了我们懒惰的和庸常的习性。我们如此这般对待自己,让自己生活得闲适自然。

但是,每一个孩子,他们都在不断地把自己举得越来越高。在我们这些成年人懒惰了,停留在某一高度的时候,孩子们是生命力勃发的,他们的力量是巨大的,他们始终处于一个上升的阶段,他们每天背着书包去上学,他们的书包越来越重,他们的个子也越来越高,书包并未把他们压垮,相反,他们在书包的力的作用下,在地球重力的作用下,产生了一个反作用力,无论是他们的内在,还在外在,都被举高了。然后,在将来的某一天,他们超越了我们,站在比我们更高的位置。

难道他们就不累吗?

不。他们也累。只是,他们知道,把自己举高是他们的责任,也是义务。他们在家长、学校、社会的多重压力的作用下(这些外力的和远远超过了使人趋向于懒惰,把人拖向地面的重力),使得自己越来越高了。但是,在未来的某一天,在这些外力越来越小的时候,如果他们的内心不能够产生足以抵制地球重力的力,那么,他们也会在某一个高度停止。他们也成了我们,成了平凡中的一员。

如果一个力作用在物体上,物体在这个力的方向上移动了一段距离,力学里就说这个力做了功。功又分为有用功和无用功。对人来讲,所有不能把自己抬高的功都叫无用功。

有些时候，我们以为是把自己抬高了，事实上并没有，我们只是在做无用功，我们在向前、向前、再向前，但是我们始终在同一轨道上绕圈，永远都没有能够更高一些。就像一个在森林中迷途的人，他始终在向前走着，寻找出路，可绕来绕去，他发现，他又回到了原处，原来，他只是绕着一棵大树兜圈子。

谁知道呢，我们都是盲目的，也许在我们自以为攀登的过程中，我们只是在兜圈子，我们一点都没有比过去更接近终点一些，一点都没有比过去更高一些，我们只是在做无用功。但是，我们不走又怎么行呢？不走，意味着永远都没有可能更高一些，走了，起码可以看到沿途的风景啊。

虚伪

虚是中空，伪是伪饰。虚伪就是因为中空而需要伪饰。伪饰，自然就是假的、骗人的把戏。既然是把戏，那就要求上演得有声有色、真挚动人，是舞台上的戏子挥泪作秀的姿态，一待幕谢装谢，又是别有一番滋味风情。像动物界的一些具有虚张声势、艳丽的保护色的狡猾动物一样，用以给天敌以恫吓，或是在异性追求中产生特殊的视觉上的蒙骗效果。虚伪者也是表演得声情并茂、感人肺腑，甚至连他自己也被自己所感动，沉浸其中，感激涕零，不知身在戏还是身在现实。观众往往随着剧情的发展而投入、深入并进一步被其蒙蔽，不知虚实。因此，我们常常将虚伪者误以为真实，而将真实者误以为虚伪。

虚伪者总力求真实。真实者总淡然应对。虚伪者总是标榜、叫嚣着真实，其声势之浩大，足以让你相信他的真实有多真实，但这真实未免来得太累，你会因此而陷入沉思：真实，难道真的要说出来吗？真实者总在无意中履行着真实，他根本没把真实当回事，却真实地展现了一切。

　　虚伪已经成为我们言行的习惯，我们懦弱地被其控制，将其作为保护自身、引领自身的可瞻视的首要领袖。一言一行，以虚伪作为首要守护人，是虚伪保护着我们，使我们得以不受奸诈的攻讦。虚伪是我们的外衣，是我们的德行，是我们形而上的准则，它与我们同身共体，是我们须臾不可或缺的守护神。我们早已习惯于在它的庇护下生存，日复一日地受伤害，使得我们越来越惰于辩解，于是虚伪成为通往我们的捷径，避免更多的繁缛，虚伪使一切变得简洁，为了保护自身，为了避免不必要的麻烦，我们越来越倾向于它，依赖于它，虚伪甚至成了我们得力的左右手，须臾不可或缺。虚伪成为我们的定向思维方式，为了保护自己，同时也是为了无私地安慰对方，我们将虚伪这一手段运用得娴熟自如，游刃有余，有如神助。

　　于是，欺骗与谎言自然生成，在我们还没来得及为自己辩解，还没来得及多做考虑的时刻，欺骗与谎言已经自然产生。并不是我要欺骗你，而是本能要保护我，本能先于思维，本能是低层次的属于婴儿或是动物形态的条件反射，本能逃开了大脑高层次的思考和检查，在第一时间内做出应急反应，并提供给我们应急措施，用欺骗与谎言缓解当前的形势。在本能面前，我们是低能儿，是低级的动物，是狗、猫类的被人类驯服的奴隶，我们盲从于它，来不及辨清是非即受它掌控，做出欺骗与撒谎的行径。因为这是最低级的，所以也是最简单最省事的。为避免更多的繁文缛节，我们宁愿被其控制，而不愿纠正自己。

　　很多人以为欺骗与谎言得益于我们的智慧，得益于我们的聪明才智。确实，有很多欺骗和谎言，是需要智慧，需要聪明才智的，但这种欺骗与谎言，与我所说的第一时间内产生的欺骗与谎言的动机有所区别，我所说的是产生于本能条件反射的第一瞬间，而那种产生于聪明才智的欺骗与谎言则

愿做杞人常忧天

产生于长时间的深思熟虑，是有前提，有计划的，这自然不可同日而语。

我们受虚伪奴役，以至于使欺骗和谎言成为我们体内罪恶的毒瘤。

当然，虚伪并不是无可避免，但前提是在本能的逃避在心理上产生却尚未有所行动之时做一番思想上的激烈的黑白是非之争，让大脑高层次的思考和检查来把关，提升我们，拔高我们，使我们在理性思维的控制下达到人的高度。这一点至关重要。

我们，每一个人，都应该有意识地、不断地拔高自己，把自己从庸常的人群中分离出来。

意义

意义无处不在，只是看对谁而言。当我们付出时，就产生了对于别人的意义，当我们索取时，就产生了对于我们自己的意义。我常常把对于我自己有意义的行为或结果当成是有价值的，而将对生活中与我息息相关的人的有意义的行为或结果（与我意见或利益相左者）看成是对自己构成的一个个虚空，殊不知此时的我们若是能够对他们予以支持，则正是在辅佐他们创造他们的意义。我们总是追寻自己的意义，而忽略对别人产生的意义，甚至排斥、反感对于别人来讲的有意义的行为。很多时候，我们总是以为别人的行为是不可理喻的，只是一味地推崇自己，这就是所谓的自私吧。以自我为中心，寻求意义的生命体。

后来，我发现，在我眼中别人的一文不值的行为，我常常无视，甚至鄙弃的行为,它们,确实看似渺小,微不足道,但又确确实实地对他人的人生产生着或大或小的意义,他们为此开心、快乐,并乐此不疲。

我凭什么用我的标准去衡量并要求别人呢?同样,我的意义在别人眼中也许就是无意义。我们都是生命中独立的个体,各自寻求着自身狭隘的意义。我们每一个人都有一个仅属于自己的小世界,小宇宙,而其他的人,即使是与我们距离最近的人,我们的家人,我们距他们的心灵距离仿如地球与火星的距离一般遥远,偶尔,我们可以抵达,但这,真的很难,很难。我们更爱的还是我们自己,所以我们更容易理解自己,而难以理解别人。我们始终忽略,我们的标准只是我们自身的标准,只能代表我们自己。

我们个人的意义确实应该追寻,有人追寻的是大意义,有人追寻的是小意义,但对于他本人来讲都同样极具意义,都是大意义,都在成就他自己,这样想的话,就不存在高低大小之分了,我们不站在人类这个高度上,而只是卑微地站在我们个人微小的地阶上。与此同时,在我们追寻自身意义的同时,我们更应重视别人的自身意义的实现,不要因为它的渺小或不可理喻而对其反感甚或排斥及至禁止。我加一个"更"字,不是说他们的意义比我们自身的意义更有价值,更有实现的必要,而是说遇到这种情况时,我们更容易涉于自私。所以,在这样的时候,我们就更应该予以重视,在心灵上提高警觉,以防我们受自私控制,出于排斥、反感,而反对、禁止对于别人有意义的行为或结果的发生,干扰别人自身价值的实现。

风起的时候,我会惬意地吹风,我感到肌肤的毛孔也如我一般惬意地将其敞开来,为吸纳更多风中的清新成分,我感到周身舒畅,我会长久地为之迷醉,流连忘返。但是很多时候,人们行走在风中感受不到风的存在的,风,对他来讲,只是无意义的存在。风却一直在刮着,始终没有休息过。

好与坏

当一个人内心感觉美好的时候,他就是一个好人;而当其内心感觉缠绕纠结愤恨不平的时候,恶魔也许已经缠身了。

看到一句话:"然而,谁又不认为自己是好人呢?"

看到这句话的时候,我就纳闷了。真的有这样的人吗?真的有这样的,在内心里认定自己是好人的人吗?如果真的有这样的人,那我要向他致以崇高的敬意,或是报以极度的鄙弃,要么,他真的是一个极好的人,要么,他便是大魔大恶,根本不知坏为何物的人。

当我仰望天空,看蓝天上的白云,看缀于苍穹的星辰,看黎明的曙光,当我放眼大自然,看青山绿水环绕,那一刻,我心地美好澄净,无一丝杂质,无任何琐碎猥琐的念头,那一刻,我知道,我一定是一个好人;当我陪伴在孩子的身旁,用爱心呵护他的成长,细致入微,一丝不苟,那一刻,真的,我也是一个绝对的好人。我们的眼睛需要多看美好的事物,我们的内心需要好的引导,因为我们的眼和心都极脆弱,极易受病菌干扰侵蚀,我们的心灵会随着我们的年龄如眼睛一样,不再清澈明亮,而趋浑浊。

很多时候,我真的不觉得自己是好人。事实上,我也真的不是一个好人。生活一旦变得复杂,人性自然变得纷乱,很难辨清它的善恶。当我往募捐箱里放入十块或是一百、二百块钱,而我的票夹里还有一千元,我的银行卡里还有一万元的时候,我真的觉得很矛盾,看似,我在奉献爱心,事实上,我确实藏有私心,我只是拿出自己的一点点,却神圣地以为自己付出了很多,奉献了爱心,很无私很伟大,那一刻,充斥于我内心的是一股凛然的正气,我真为我这凛然的可以将我心胸充满的正气感到惭愧。当我把家里不再穿了的旧衣裳,把我孩子不再用了的旧书旧文具收整好捐赠给贫困灾区的时候,我觉得我是伟大的,可是事实上我只是将原本要放到垃圾堆的物品放到贫困灾区罢了。我又如何能认同我行为上的高大,如何能承认我是一个好人呢?

很多时候,我都是小气,自私,自我,伪善,虚伪,叛逆,不孝,不忠的。好多好多贬义的词用在我身上似乎都很合适。但是,在现实世界中,我是以一个好人的身份示以众人的,其实,充其量,我也只是维持着一个好人的假象,没有人看到我内心秘而不宣的秘密。

我们在这个世界上行走,却只生活在自己狭小的内心。在那里,我们各自评判着自己,内心是最公正的审判者,它时刻衡量着我们的善恶。外界的标准,只起干扰作用,心的方向不可阻扼。只是,也许很少有人能通过内心狭小的窄道深入自己内心宽广的世界里去,去做心灵的探险者,而只是做了外界的盲从者。

独立

当一个人的自我意识发展成熟,就是他开始寻求真正独立的时候了。自我需要有独立的空间,思考的、生活的、行为的、时间的空间,这个空间是相对自由,不受管束、拘谨、约束的空间。这是对父母的一个背叛。一个长成的孩子，羽翼日渐丰满，再不愿在父母的管束下生活，他想拥有独立的时间和空间，并为之做积极的努力。

子女对父母背叛的同时，也是父母将子女逐出门户的时候，这其实是双向的，同时发生的。没有父母愿意自己的孩子一直生活在自己的门下，当然，这种脱离是一种形式上的脱离，是作为成人的脱离，感情上，是不愿，也不会脱离的。一个孩子，在其还很小的时候，父母细心呵护，寸步不离，渐渐地，孩子逐渐长大，父母一点点放手，如果孩子总是不能被放手，则父母会教育他、呵斥他，明确地告诉他，他已经长大了，该怎样怎样……一方面，父母要求着孩子独立，另一方面，孩子本身寻求着自身的独立。父母要求孩子独立是社会性的要求，孩子本身寻求独立，是自我意识显现，自我完善的过程。

在这方面，我曾有过强烈的体验。在我二十三四岁的时候，我与父母的关系曾一度极为僵持，内在里到了不可调和的状态，感觉家里就像是监牢，没有任何的自由，做什么都得看父母的脸色，做什么都要征求他们的意见，做什么都没有自由，自我完全被束缚，因此我恨不能立刻离开那个我必须日日回归的家，我觉得那里已完全不是属于我的家，我需要一个新家，一个真正属于自己的，可以由我自由支使的家，我想怎样便可怎样的，自由的家。说白了，就是我需要独立，需要自由。为什么我以前视这个家为我唯一回归的地方，而现在却不愿在此安居分秒呢？只因为我长大了，我的自我意识已经完全，我需要有完整的，独立的自我。那时候我迫不及待，简直到了饥不择食的地步，我只想赶紧找个人把自己嫁了，甚至连爱或不爱都没有多大的关系，只要可以独立，可以离开父母，可以自由地支配自己的生活即可。至于爱或不爱，那是另一个问题，那个问题可以留待以后解决，离婚也无不可。

现在想来，这样的思想是很不成熟的。但于当时的自我来讲，却是很合乎情理的。独立确实带来了自由，独立就意味着自由。自独立之日始，我们的生活就由我们自己来安排。独立，大至国家、民族，小至个人，都有着相同的特征。国家、民族的独立，意味着从此做自己的主人。自从我们成了独立的个体,我们便做了自我的主人,别人所讲的,充其量只能称之为建议或意见,听或不听全由我们自己决定。独立是继我们出生之后的一个重大里程碑,如果将我们的一生分为两个阶段的话,那出生至独立前为一个阶段,独立后是另一个阶段。独立前,我们依赖于我们的父母,独立后,我们过自己的生活,开始了真正的,新的,属于自己的,为自己而活的人生旅程。

PART 4

愿做杞人常忧天